炊烟食客

黄磊—— 著

江苏凤凰文艺出版社
JIANGSU PHOENIX LITERATURE AND
ART PUBLISHING

图书在版编目（CIP）数据

炊烟食客 / 黄磊著. -- 南京：江苏凤凰文艺出版
社, 2022.5
ISBN 978-7-5594-6541-2

Ⅰ.①炊… Ⅱ.①黄… Ⅲ.①散文集 - 中国 - 当代
Ⅳ.①I267

中国版本图书馆CIP数据核字(2022)第008809号

炊烟食客

黄磊　著

责任编辑	周颖若	
策划编辑	孙文霞	刘文文
出版发行	江苏凤凰文艺出版社	
	南京市中央路 165 号，邮编：210009	
网　址	http://www.jswenyi.com	
印　刷	唐山富达印务有限公司	
开　本	880 毫米 ×1230 毫米　1/32	
印　张	10.5	
字　数	150 千字	
版　次	2022 年 5 月第 1 版	
印　次	2022 年 5 月第 1 次印刷	
书　号	ISBN 978-7-5594-6541-2	
定　价	59.80 元	

江苏凤凰文艺版图书凡印刷、装订错误，可向出版社调换，联系电话025-83280257

⊗ 食物温暖的味道

　　认识黄老弟多年了。虽然不常见面，但只要见面，总会聊得很投机。聊天的氛围是轻松而惬意的，没有时间的限制，也没有工作的催促。他并不是一个健谈的人，但观念和兴趣相投，让我们每次见面都很亲切，没有距离感。

　　他是一个多产的编剧，一直笔耕不辍，作品不断，动辄便是四十多集大体量的作品。应该说是勤奋而忙碌的，真的没有想到，他竟然还会有时间和清净的心，写出这样一本温暖的书来——食物之书。书里每一个文字都似乎让人听到舒缓的淡雅的音符，是《无锡景》或是《凤阳花鼓》，是不疾不徐地讲述。他对美食有着很深的见解，这种见解不只是食物的本身，还延展

食物温暖的味道

· 一 ·

到了他的童年，生活，对曾经过往诗意的描述，以及对人生意义的探讨。他说，这一切源自他是个吃货，所以心宽体胖。若是这样，那么每一个吃货内心都有一颗敦厚的心，才会这样平静又不乏热情地讲述。

这本书写的是江南美食，我们是老乡，同属江南人，因此里面很多美食让我觉得非常亲切。《菱角菜》一文他写得不疾不徐，却丝丝入扣，很像小时候大人制作这道菜时，缓慢而耐心地等待。似乎回到了孩提时代，在稍显阴暗的厨房的拐角，我主动去揭开腌菜的坛子，去尝一尝那美好的味道，那是时间酝酿出的菱角菜独特的风味。除了美味，他将菱角、荷花很好地融合在了一起，又描绘出江南水乡的画面，那便是我们记忆里的江南。

还有一种我非常爱吃的菜，叫蒲菜，带着水乡特有的清香，爽口而不失韵味。读到《水蜡烛》这篇文章时，才知道它竟然有这样一个质朴的名字——水蜡烛，文章中的参差感，抖着"包袱"，花样繁叠地描述，让这道蒲菜在我的心里变得具体，恨不得立刻能尝一尝这家乡的美味。

写到《糯米饭》，他提到了我的本行——黄梅戏。还引用了《牛郎织女》里面的唱段"架上累累悬瓜果"，这段黄梅戏轻快、喜气，在文章中成了背景乐，和安抚味蕾的"糯米饭"有机结合在一起，这次，这些有画面的文字有了声音……

在他的身上，我看到了很多对文字的探索和尝试。

他总说："吴姐姐，我看到你很多黄梅戏创作上的奇迹，是对舞台的无限可能，这些总是突破我对黄梅戏、对舞台的设想，是让我瞠目结舌的。"

我想，作为一个写作者，他总是喜欢用这种强烈的字眼来表达对黄梅戏艺术的热爱。但在他的文字里，我倒是觉得可以用上这句话，文字在他的笔下总是让我看到很多的惊喜，和无限的可能。

祝福他，也同样祝福我们出生成长过的江南，和那些温暖着每一位旅人的江南美食。

吴琼

国家一级演员，著名黄梅戏表演艺术家

目录

contents

松桂软炊玉粒饭，醯酱自调银色茄。

——陆游

壹·素食雅心

奶奶告诉我们，这便是八宝菜，他们家乡又称之为吉祥如意菜。冬天里吃，便是来年一年都风调雨顺，平平安安。

⊗　八宝菜

应该是在冬日的某个午后。

天空蔚蓝，阳光煦暖，空气洁净如洗。院子里背阴处，水缸里的水结了薄冰还没有融化，拿起来把玩，便可以折射出钻石一般的光泽，只是冻手，不一会儿便要放下来。

院子里的柿子树叶子已经落尽，残挂着一些灯笼一般的果实，引得雀儿争相啄食。偶有一颗落下，砸在青石板上，碎得四分五裂，果汁飞溅开来，此时，母亲便会抱怨不干净，拿水来冲洗。

隔壁九十高龄的奶奶端着自己做的一道菜来，送予我吃。白瓷的碗里，菜堆得高高的，看上去极有食欲。

母亲忙感谢。

儿时的我嘴馋，奶奶动作又缓慢，坐下来，便絮絮叨叨，没完没了和母亲说话。按照母亲的规矩，必须等人离开了才能动嘴吃别人送的东西，这才是不失礼。我只好站在原处，盯着那道菜看，吞着口水，焦灼地等待奶奶的退场。

奶奶："你们家年货备好了吗？这年关没几日了。"

母亲："备了，人也不多，简单点儿就好。"

奶奶："你们家有福气哦，和和睦睦的。"

母亲知道奶奶和媳妇不和，也不好说什么，只是笑着应和："哪儿呀，各家有各家的难处。你们家也好，你儿子多孝顺……"

奶奶摆摆手，连连叹气："没用，没用，怕老婆……"

两人你来我往说个不停，奶奶一时半会儿也没有离去的意思。

我就站在那里，翘首以盼，就差说一句："奶奶，你不饿吗？赶紧回去吃饭吧……"

还是忍住了。

奶奶似乎看出端倪，遂笑着将菜端了过来，说道："吃吧，吃吧，吉祥如意哦。"

我这才凑近了看那碗菜的模样，是好多种蔬菜混合在一起，色泽艳丽，保留着素菜本色，应该是没有经过煎炒烹饪的，看起来很是清新自然，水嫩葱郁，食欲更是催人流口水。得到母亲的应允我才去用筷子夹了一些来：应是有青笋（江南称之为莴苣）、豆芽、胡萝卜丝、黄花菜……各种素菜混杂在一起，竟然生出一种独特的味道，有一种春的气息，默默掩藏在了冬日里，是一种生命的萌生，又是活力的储藏。好像还有一些咸菜和白芝麻的调味，于是味道更有了层次感。冬日里吃起来，清凉脆嫩，口感极为爽口。口腔里的食材来回组合，争相展示，又交相辉映，在口腔里你方唱罢我登场，好一场戏曲大联欢。

奶奶告诉我们，这便是八宝菜，他们家乡又称之为吉祥如意菜。冬天里吃，便是来年一年都风调雨顺，平平安安。

那道菜让我回味了好久。

一次放假回家，只听到隔壁鞭炮响起，唢呐声声，曲调呜咽，催人泪下。听母亲说了，才知道老太太已仙游，这几日便是出殡。

给老太太磕了头，回到家，便想起了那道八宝菜，想到了老太太说的吉祥如意。奇怪，有时候对一个人的记忆最终会转化为一种嗅觉和味觉。老太太慈祥的面容最终汇聚在我的脑海里，便成了那碗她在午后送来的八宝菜，那种气味是生命在时光中修炼出来的温和，是祖母绿的温润。

和母亲闲聊了几句，提到八宝菜。母亲笑道，倒是不难，自己也是会的。

那一年的某一个冬日里，母亲也在准备"吉

祥如意"，内容和老太太并不完全相同，才知道八宝菜只是凑足八种不同的蔬菜而已，而并非有特定哪八种，只要彼此的味道不相冲，便可以入菜——吉祥如意也是各家有各家的吉祥如意，各户有各户的幸福美满。

母亲做的菜按照我们家的口味，加了一些辣椒油，多了一份爽利直接的口感。

不幸的家庭各有各的不幸，幸福的家庭各有各的美满。

在母亲的手中，这是一道极为爽利的菜。所有菜品都用开水烫过，余下调味便不再有明火。等菜品凉了下来，再拌上调味品以及咸菜碎和白芝麻，滴上几滴辣椒油，浓香扑鼻，堆在盘子里，既好看又好吃。

那一年过年，八宝菜便成了吃年夜饭时的一道可口小菜，引得众人争相称颂。在年关当口，大鱼大肉吃多了，一道凉菜倒爽口得令人精神一振，八宝菜便在那些高档菜品中脱颖而出，另辟蹊径，一跃为王。

除八宝菜，江南人还会做八宝饭和八宝粥。只是除八宝菜以外，余下两种，流传甚广，全国无处不吃。某一日工作之余，我和一北方同事聊到八宝饭，他连连称，在老家每一年都会做的，黏软糯香，很好吃。再到八宝粥，更是不稀奇，只是八宝菜并不常见，这是江南人坚守的那一份传承。

有一天，在离江南很远的北京，正下一场大雪，在漫天飞雪中，眨眼便让人想起了过去。不知江南池边柳在这一季的冬又变成什么样了，柳絮明年还会不会飞扬起来，如北方的雪，飘飘洒洒，隐匿于江南的春色之中……

于是又想起了那道八宝菜，遂主动制作起来。

真是不复杂，只将几样菜用开水烫好，冷却，再拌好，便可上桌品尝了。但那一份清淡的美味却在一步步传承下来，缓缓流进历史的光阴里，成为一道永恒的文化，经久不衰。如阳光，穿越千年，却依然炽热如初。

过了开水的菱角菜切碎了，用盐腌制起来，将菱角的芳香封存在坛子里，吃的时候，舀些出来，用麻油拌了，美妙绝伦。

⊗ **菱角菜**

　　有一则笑话，说是一个外乡人来到江南。那正是渐秋时日，但见街头巷尾男女老少都喜食一物，称之为菱角。菱角造型独特，新鲜时是青色，煮熟则成了褐色，剥开，里面是淡紫色形如元宝的果实。生食甜润，煮熟则软糯，很是味美。

　　那江南人见外乡人便问，可认得此物？那外乡人不想抹了面子，梗着脖子说道："如何能不认识，我们那里前山后山到处都是。"

　　于是便哄堂大笑起来。

　　只是苦了这外乡人，竟不知道他人为何笑话自己。

　　故事多半是假，应是某个促狭的江南人嘲笑

外乡人所为，多半自己胸襟也不宽广，又曾被外乡人欺负了，编造扭捏了这么一个故事来，说给众人听，以显得自己机灵精巧，敏捷开朗，却不经意间暴露了自己的短处来。

江南人倒是开怀大笑了，但事后却总会被有心人诟病的。

只是毁了这么好的美食。

菱角是江南水乡极其常见的好物，形如元宝，前后左右却生了四根硬刺，两头长，腹部两根则短，是弯曲的。采下，将弯曲的刺朝下放桌子上，形如一只昂首的海狮，很是可爱。据说还有两刺的品种，倒是不多见。菱角剥开之后，白如玉质，煮熟后却偷偷透着一点紫色光晕——那是玉上的光泽，是在祖母手腕上戴久了，有了灵气。

家养的菱角个头较大，味道却淡了一些，生食少了一些趣味，熟食倒是粉裹瓢的，很是好吃。若是孩子却会弃家养，而取野生的，他们只当菱角是零食，是一种特殊的水果，或是坚果罢了。

三五个孩子光着上身，扛着竹篙去池塘边，用那细长的竹篙去将野生的菱角藤蔓从水中绞住。孩子们齐心协力，用力，再用力，才能将水中的菱角藤蔓扯下，缓缓移出水面，直至上岸。孩子们便蜂拥而上，从杂乱的藤蔓中寻找那些小而味美的果实。

真是极小，野生的刺又极为尖利，费了九牛二虎之力，却不够塞牙缝的果实，已让孩子们津津有味地品尝起来，那是一种极细腻的清甜，没有丝毫杂质，像飞天的仙女一般，只是在口腔里绕了一下，瞬息间，便已经落入喉中，真是好吃，如何不让孩子舍弃了那好取好剥家养的来？

菱角让人突然想到一个人来，虚拟却又如同真实存在的人——一个似乎能闻听她呼吸的人。

《红楼梦》里拉开悠长画卷，第一幕的富贵

繁华地，那是一场小荣枯。甄士隐丰衣足食，家
境闲适，膝下一女，让他万事皆足。

那粉雕玉琢的女孩便是甄英莲。

英莲嬉笑着出场，便已艳惊四座，好一个可
爱又灵秀的女儿。贾雨村见了，也不由赞其好面相。
只是有命无运，在一场烟花秀场中，英莲被人拐卖，
便永不能返乡。

英莲眉宇之间有东府大奶奶的品性，显然是
极标致的。

在没有被拐之前，她是莲，那是水中翘楚，
是其他植物仰望的公主。被拐之后，家世方位皆
忘，仿佛一个无根之人，失去了根基，在水中漂浮。
依然是美的，却楚楚可怜，让人叹息。

宝钗送她一个名字——香菱。

这一次正面出场，已是薄命司里挂号的一员，
千红一窟，万艳同悲，她是其中一缕芳魂。

她接下来的命运大家熟知，被拐子打骂、变

卖，命运好似要转好之时，又被呆霸王打死了买主，卷入人命官司，好在最终偃旗息鼓，一切平息下来，香菱随着宝姐姐进京了。

命运好似已经坠落到了尘埃里，无法往下再落，只是她已安心如此，学诗成性，似乎也岁月安稳，却偏偏遇到了夏金桂。

桂的芳香与菱花正好相反，是张扬有侵略性的，而菱花则是收敛的，不足为他人察觉，只有细细品鉴，才能闻到那缕非同一般的香味。

这一次她的名字被夏金桂改做了秋菱……

秋天的菱花，时日无多，那是一种凄凉的美，淡雅、芬芳却又落寞孤寂……

有些时候，从江南的池塘边走过，芦苇的后面，豁然开朗的池塘里便会零星露出紫色的小花，点缀在菱角藤蔓之上，怯生生的，好似怕被人发现，或是怕惊到平静水面，就那么安静地绽放着，孕育着属于它自己的心田。

愈是野生菱角愈是如此。

孩童们则并不在意这些，生拉硬扯，将菱角藤蔓拽上来，只为上面的果实。我无意苛责，只是突然想到了香菱的孤寂不免心疼起来。

倒是还好，有得弥补，那些藤蔓也并非一无是处。江南人会将菱角藤蔓采来，找一些嫩的，折下来，放在竹篓子里，清洗干净，带回来用开水浇透，原本翠绿的藤蔓颜色略深沉了一些，再用大蒜、姜、香油爆炒，放入辣椒，炒至断生，便成了风格独特的炒菱角菜，很是美味。或是将过了开水的菱角菜切碎了，用盐腌制起来，将菱角的芳香封存在坛子里，吃的时候，舀些出来，用麻油拌了，美妙绝伦。

菱角在美食中完整了起来，重新有了生气。

在江南，菱角菜是一道贱菜，在物资丰富的今日更是极少被人提起。只是到了腊月里，招待客人，大鱼大肉吃多了，难免口感有些腻歪，一时竟没胃口。主人突然想起，封坛的还有一些菱角菜，于是将它从坛子里取了出来。菱角菜突然看到了一丝光亮，经时光的磨砺，盐水的浸透，变得和曾经不一样了，有些新生的光彩，在一众肥腻甜糯之间，竟独有其自身的光彩，让人赞不绝口。

那是夏天时光的味道，经岁月之后，流转于冬日里的缠绵。

不知道在薛霸王身边的香菱，有没有那么一刻，坐在园中打盹儿，突然眼前一亮，身体轻盈起来，飘在空中，白云翻滚，便回到了姑苏……

只是那一刻纵然美妙，意味却已完全不一样了。

一般制作毛豆腐的房间，都是简陋而密闭的，置身其中，有一种说不清道不明的非真实感，有点像一个半仙体在做法，将稻草与豆腐堆堆叠叠在一起，呼一口仙气，便等着蜕变而来的丹药。

⊗ **毛豆腐**

　　江南的饮食以新鲜为最，任何食材送到后厨，主厨问的第一句便是新不新鲜？蔬菜是嫩绿的，鸡鸭是鲜活的，方才是上品。主厨拨弄了箩筐里活蹦乱跳的虾，才满意地笑着点头，以示赞许。

　　农人顶着烈日，从山上采来蕨菜，顾不得休息，便掐头去尾，过了热水，以锁住蕨菜的鲜嫩；茭白、莲藕从水田里采来，也是不能久候，须赶着将其烹饪，得那鲜味儿；农家养的鸡、水里捞起来的鱼，都得现杀现吃，开膛破肚，或蒸或烧，端上桌也不过半个钟头。

　　若是回老家，陪着阿嬷去了菜市场，见案板上摆着整整齐齐刚死不久的鱼，劝阿嬷："都是新鲜的，买回去吃是一样的。"阿嬷便会一撇嘴："那怎么行，死了的东西怎么能说是新鲜？味道也不一样啦！"转眼已去挑选池子里的活物了。

如果你以为，这便是江南人对食物的苛求，那又错了。

江南的美食，有时候是可以看到时间的。

在漫长的等待里，让调料和食材充分融为一体，得天时地利，吸日月精华，最终成就一种精美的全新的食材。

冬日墙角下，面对着阳光的那一面，密密排开的，是鸡鸭鱼肉。盐在此之前经过十多日的渗透，已和食物化为一体，食物经过冬日煦暖阳光的徐徐晒制，水分渐渐挥发，一种奇特的香味渐渐发散出来，称之为腊，那是冬日阳光的味道。

荤菜如此，素食也可如此。霉干菜，萝卜干，与新鲜食材相比，如同一种新的食物，带来不同的口感。是蟒袍加身的喜悦，也是脱胎换骨的呈现。

只是腌制是要有技术的，看家本领代代相传，似乎没有什么技巧，也说不出个所以然来，却就是各家有各家的不同。是狐仙在月夜下，吞吐灵丹，集天地之灵气，吸日月之精华，苦练中方得正果。稍稍不留神，便破了功，荤菜发臭，素菜烂馊，只得沦为了肥料，弃之可惜。

失败不失败，有时候就看是否上了霉。霉是腐败的象征，一旦出现霉斑，那便再也救不过来了。

倒是有一道菜并不如此。

白色的脱脂豆腐切块，平放在洗净的稻草之上，置于潮湿阴暗却又温度适宜的房间内，用物件盖住，锁住温度。等过了几日，掀开物件再去看，竟生出了长若寸许的白毛，皑皑如白雪，将原本间隔的豆腐块连成了一片，柔软如蚕丝被，又轻若烟云，缥缈而氤氲。此刻，看客大气都不敢出，怕伤了它。食材此时柔美得如同江南的小家碧玉，吴侬软语，轻弹琵琶，便是一首评弹，那声音来自林妹妹的老家。再细细一看，白色绒毛间或着一些黑色的霉点，似在为其着底色，一下子有了底气，仿佛从里面升腾出了一种柔韧的力量，雾气溶溶，丝丝缕缕，如江南柔软的诗文，面子上是精巧的，底子却是风骨。

　　一般制作毛豆腐的房间，都是简陋而密闭的，置身其中，有一种说不清道不明的非真实感，有点像一个半仙体在做法，将稻草与豆腐堪堪叠在一起，呼一口仙气，便等着蜕变而来的丹药。

　　丹药便是这发霉的豆腐，这正是江南食客所需求的。这一次的霉不再是人们所憎恨的，而是改变豆腐原味的一抹添加。

　　黄豆，经泡发，再研磨、沉淀、过滤、煮沸、点化，最终定型为豆腐，如今又披上了一层霉霜，这一层层的递进，便是它一点点的锻造，兢兢业业，一丝不苟，无论哪一个流程有失偏颇都将功亏一篑。

　　此刻，若是想做成腐乳便须继续加盐腌制，

若是现在推它见食客，便是那道著名的徽州名菜——毛豆腐。

这道毛豆腐已初见雏形，余下的交给厨师，煎炸炒焖，成就一道道色香俱全的菜品。烹饪好的毛豆腐洗尽铅华，没有了原先寸长的白色绒毛，变成铅灰色，有时则焖烧成了褐色，口感滑溜如奶酪，多了一份特有的味道，入口即化，唇齿留香。

豆腐的味道没有什么侵略感，毛豆腐的味道却显然主动得多，入口便开始夺人味蕾，不管与何物相配，毛豆腐必是主角，牢牢占据口腔中的主位，毫不客气。在食客的惊叹声中，于舌尖上流转，缓缓化为无形，毫无残渣，满足了食客们的口福。

徽州有双臭，一为臭鳜鱼，二为毛豆腐，均为发酵之后的产物。徽州多雨，气温高，空气湿润，人们为了储存美食，只得想着他法，反倒成就了这两样美食。江南美食以新鲜为底色，忌霉坏。

这一次毛豆腐为此正名，破了章法和条框，自成一派，雄霸一方。

《红楼梦》里写黛玉教香菱作诗，说道："写诗最忌被框死，要不拘一格。"在饮食上更是如此，若不是徽州独特的储存食物的方式，又何来如此美味的食物，这便是不能框死的结果。听闻浙江有一种美食叫霉千张，或蒸，或煮，或捆起来炸，或是和鲜肉咸肉炒就，味道堪称一绝，未曾亲尝。千张也是豆子制成的美食，应与毛豆腐有异曲同工之妙。此美食一出，身在北方的我便对江南有了更深的眷念，期待与它重逢。

雷震子误食了两枚果子，便生了风雷二翅，如此日行千里，救了自己的父亲，若干年后，还助哥哥讨伐商纣，立了大功劳。《封神演义》里写，雷震子见自己长了翅膀，面如青靛，发似朱砂，眼睛暴湛，獠牙横生，吓了一跳，如此怎么见人？师父见了，却哈哈大笑起来，道："如此甚好，倒是成就了一件美事……"

　　妲己却因为美得出众，最终落得红颜祸水狐狸精的骂名。

　　好和坏的评判，有那么重要吗？

　　如此，我又开始怀念铁板之上，缓缓炙烤，散发醇厚香味的毛豆腐了。

霉干菜经日晒、蒸煮、焖润、腌制、搓揉，几乎将江南所有制作咸货的方式都用上了，最终成就了这道独特的美味。如唐三藏西天取经，经过九九八十一难的考验，终于成了正果。

⊗ 霉干菜

　　某一次在一位摄影家的作品展上，看到一幅江南晒秋图。画面中，红橙黄绿青蓝紫……各色食物在大簸箕上平摊开来，平放在村前屋后晒着日头，另一边青山翠竹，淡淡雾霭，阳光竟折射出五彩的光芒。局限的画面将整个意境放大了，好似囊括了整个江南。看的人不由为之战栗了一下，美得让人颤抖。

　　这个世界不缺美，却缺少一双双发现美的眼睛。

　　我在家乡不知道经历了多少次晒秋，却从来没有发现过它的美，放弃了一个真实而美丽的世界，只埋头在书本中，寻找另一个虚幻精彩的世界，有些时候，反而很厌弃那些晒秋挡住了光亮，不好坐在窗前看书。

独有一次，见一只猫儿从屋檐下踮着脚儿往上够，想取那一整条的鱼干。猫儿是大橘，本身身体笨重，只是鱼干太过勾猫魂魄，坚决不愿放弃。我也看得专注而执着，一时间竟然忘了去赶它离开，眼睁睁看着它将那条鱼干整个拖走了，惹来母亲不少责骂。

晒秋并非仅在秋日里，只是秋天正是丰收季节，所以种类丰富，颜色多彩，煞是好看，因此而得名。而到了秋冬之交，便进入了晒秋鼎盛期，荤的素的，红的绿的，应有尽有，阳光之下，色泽浓烈得像涂了一层油彩。

这其中，霉干菜是少不得的。

我刚来北京那几年，在一个知名作家的工作室工作，领导带我们去一家浙江菜馆吃饭，点了一份地道的霉干菜扣肉——褐色的霉干菜油亮亮的，衬在虎皮五花肉的下面，堆得高高的，那五花肉切成了片，肉皮也是褐色的，五花肉的颜色稍浅，油脂在灯光下泛着诱人的亮光。只是席间很多女生，都不敢去触碰那些五花肉——怕长胖。我自是不在意——说来惭愧，身为南方人，却从未在家乡尝过这道经典的江南美食。那五花肉放在嘴里，瞬间便融化在了口腔里，口感肥而不腻，如冬日里层层的雾霭在晨光之中融化了去。再去尝那霉干菜，也是极好的，不柴，不烂，像一个江南老艺人缓缓在巷口唱的那段戏曲——是时光遗落下来的味道。

有一次，朋友从绍兴回来，带了一些散装的茶叶，说是当地极好的野茶，见我来访，便要泡来给我喝。整个开袋过程极有仪式感，烫好紫砂壶，烧开桶装水，坐下等待正主的到来。

打开袋子却是一股特别的气味，是一种咸湿的感觉，像南方淅淅沥沥的雨天——冬天里的雨，渐渐收尾了。虽是清爽的茶叶却有一种湿润感，他也觉得奇特，在绍兴的时候，茶叶还是清香的呀，如何成了现在的气味。我却已经猜到大半，那是霉干菜的香味，他肯定是将霉干菜与茶叶放在一个包里了。茶叶吸附力极强，而霉干菜侵略性又极高，两种美味一拍即合，于是便成就了霉干菜香味的茶叶。

两种好物的融合并不能发挥它们更大的魅力，反而都失去了本身应有的仙气——茶叶是云山雾绕中的清丽脱俗，霉干菜却是大隐隐于市的淡定……

在老家，父母倒是极少做霉干菜的，但父亲做的咸大白菜尤其好吃。隔壁的阿嬷总是说："啊哟，你父亲那一脚大白菜踩得真是好哟！"——大白菜是穿着靴子在大的陶瓮里反反复复踩出来的，这一点似乎和霉干菜制作的某个环节有点类似。

霉干菜是晒秋里的主位，弃之便少了灵魂，

它几乎聚集了所有制作咸菜的方法……

选材倒是不拘一格，雪里蕻更是农人制作霉干菜的最爱。新鲜的雪里蕻翠绿，自带一种甜味，剔去老叶，将它晒到打蔫了，这需要三两天的日头，有时候晚上忘了收回来，也没事。等晒足了工夫，再放在锅上蒸，蒸透后，焖上一夜，再拿出来晒一次……直至三蒸三晒方才是上好的霉干菜。一种浓郁的香味在三蒸三晒的过程中，不知道什么时候，已缓缓生成了，越来越浓，越来越香，再撒上盐搓揉，直至盐分完全渗透，就可以装袋封存美味了。那如绿玉一般的菜叶却从黄到黑，辗转了几个轮回，最终全部成了褐色，好似与雪里蕻毫无关联，如今它有了新的名字——霉干菜。

霉干菜经日晒、蒸煮、焖润、腌制、搓揉，几乎将江南所有制作咸货的方式都用上了，最终成就了这道独特的美味。如唐三藏西天取经，经过九九八十一难的考验，终于成了正果。

壹·素食雅心

　　某一个雨天，在江南老家，天气阴霾，过了中午便是傍晚，雨将那长长的午后全部省略了，只剩下黯淡的微光——那是灶上开的小火，心不甘情不愿地燃烧着，厨房里笼着一层薄薄的水汽。我将五花肉细细煮来，再涂上酱油，炸好，切片，放置碗中，再放已泡好的霉干菜碎，压实，放汤料，将其放到蒸锅里，静静等待它香味的释放。

　　也不过半个钟头，霉干菜的味道便缓缓释放出来，充溢了整个厨房，和那暮色沉沉的光线融合在了一起，虽是好闻，却有一种不甘心的惆怅。我突然意识到，若是雪里蕻有意识，恐怕并不想如此被人安排，它们想的应该是日升日落，吸收阳光和雨露，缓缓成长，平平静静地过完一生，再用它们的生命去创造下一段生命，传承下去。

　　只是人将这一切改变了……

　　有一天，一个朋友问我，一头猪究竟能活多久？

　　我说："若是没有人干预他们的成长，或许

十年，二十年，也未可知。只是人没有给它这个机会。"

美味虽来得残酷，但上了餐桌那一刻，香味将一切化为了一种温润与安稳。如此看来，霉干菜可能也是一种无可奈何的幸福吧。

藕尘封泥土多日，在秋日里重见天日，沉稳内敛，独有的品节高雅。藕的含蓄与桂的醇厚，看似毫无关联，却在人为的「撮合」下，相得益彰，互为扶持。

⊗ **桂花藕**

江南风味，源于草木之香。

香味是可以食用的，入味的香如同一缕诗意。

从花果的凝结，玫瑰露、鲜竹汁、草莓酱、茅根香，到菜肴的调味，葱、姜、蒜、酱，自然的馈赠经人为的料理，取其精华，去其糟粕，留下香魂，余韵袅绕，流转于下一个春夏秋冬。

桂花与藕分属不同的味道区间，好似毫无瓜葛。

桂花是甜润的，秋月之下，带着一份娴静，脉脉含情。人闲桂花落，夜静春山空。桂花是清冷里的温暖，起首回眸，淡扫蛾眉，清水雅然，又不失禅意袅袅，恣意于山野之间。秋风徐徐，晚来如梦，一缕醇香之后，似了无踪迹，却淡雅可循，留无尽遐想。

江南人为它找到绝佳的匹配对象。

藕尘封泥土多日，在秋日里重见天日，沉稳内敛，独有的品节高雅。藕的含蓄与桂的醇厚，看似毫无关联，却在人为的"撮合"下，相得益彰，互为扶持。

这是草木之缘，旷世之姻。

桂花当然不能如此简单地与藕相见，必是经久久锤炼，得来非凡。

戏文里会唱到女子与情郎后花园私会。已是多日不见，难免要熏香，对镜贴花黄。一般女主有一段伤感身世，此时便会想到，在绣楼里长吁短叹。直到丫鬟上楼来说，公子即将到来，才惊喜忘忧……

桂花也是如此。将上好的桂花采来，风干，再做清洗，与白糖或麦芽糖清蒸，得来的桂花糖，清甜爽口，香气扑鼻。还有一种糖桂花的做法，则是将蜂蜜与风干洗净的桂花层层铺在干净的玻璃瓶内，封好，静置两周便可食用了。前者多少有些烟火气，味道敦厚，后者则轻灵飘逸，如同洛神姑射，堪堪收了桂花的一缕香魂。

如此桂子便算已晨起理梳妆，描眉画目，只等意中人来。

藕是物中君子，也便没有那么怠慢。平日虚心，如今更是谨慎。

切开藕段前端，将七孔打通，洗净，再用筷子一点一点将糯米灌进去，此时不得心急，手也不能太过用力，舒缓地，轻柔地，如同教育，要因材施教，切不可填鸭。不能太满，满了，后期蒸熟，糯米发胀，藕便会裂开，一切功亏一篑；更不可太疏，疏了，心中无物，来日便无可品味。

藕填好，用牙签封口，再与冰糖、红曲米同煮，小火慢炖，藕在沸水中飞升开来，本身的软糯与糯米融合在了一起，在沸水中，交换着神思。如同老君炼丹，此刻不能揭开锅盖，细细听锅里的声音，内里如絮语，那是水火对藕的谆谆教导——如今既为桂花之夫，便是一份责任，如何能随意？藕便听了话，细细调理自己内心的情绪，等待与桂的相逢。

等揭开那一刻，藕香四溢，藕其形不变，红曲米却为藕上色，增添了一份红色的喜气——红为洞房花烛。藕也变得柔和了许多，用筷子一试，方知，虽形状不变，却已熟透，软烂甜糯，这是藕对这门亲事的"修行"已达圆满……

心急吃不了热豆腐。

此刻还得继续等来……

将煮好的藕置于一旁，慢慢冷却下来，再取锋利的刀来，缓缓切片。定要是锋利的刀，才能将藕切得平滑，那藕片，顺着刀片跌了下来，软软的，舒缓的，好似有些卷曲，又好似没有，只是那样柔和却又不失其形地落了下来——藕的风骨还在。孔内的糯米细腻而稳妥，整个藕片散发出一丝冰糖的甜香，色泽却是粉红色，惹人欢喜。

将藕片置于白瓷盘里，一个一个挨着叠着，顺着铺下去。

一切准备就绪，才有了最隆重的"拜堂仪式"，将桂花糖从花轿（玻璃瓶）里请出来，均匀洒在藕片之上，桂花的甜润立刻散发出来，与藕片相得益彰，好一幅花好月圆的图卷。此刻，还没有夹上一块便已经醉了。

桂花藕，甜、烂、软、糯，水乳交融，只衬托于对方之美，成就对方的韵味，将其放大，最终成就的是一个整体，这正是中式婚姻里的精髓。如何相处，一道江南的甜点已然说得清清楚楚了。

用上好的黄豆制成了豆腐，再经过细细碾压，最终形成薄片，压到紧实，用五香卤料进行卤汁，重重上了色，形成一块块黑色的、散发迷人香味的豆腐干，素食赛肉香。

⊗ 豆腐干

江南人对喝茶情有独钟。

早起要喝茶，午乏要喝茶，晚来对月成影也要喝茶，茶如饭，一日三餐，必不可少。北方人喝酒，喝的是豪气；南方人喝茶，喝的是精致。都是人生。

不少江南人会随身携带一个有密封盖的玻璃杯子，临出门泡一杯浓浓的茶。走家串户的时候，主人准备为他沏新茶，他便会说："带了茶，只要兑一些白开水即可……"

他们喝的是绿茶。茶娘们在清明、谷雨前采来，细细烘焙、搓揉、晾干。茶叶蜷缩在一起，只等白开水冲泡，舒展开来，恢复它们的元气。

绿茶不如红茶讲究，没有什么工夫茶，就是在玻璃杯或茶盏里浸泡，随之便是一抹春色在杯子里荡漾开来。诗人说，春是万紫千红的，但在茶人的眼里，春却是碧绿的，是透明而清澈的，是一杯浅而热的绿茶，芬芳淡雅，只在你需要它的时候，才能领悟它的香。

普通人没有那么多讲究，只要是香、耐泡，即为好茶。稍微有了一些品位的，便会看茶汤是否碧绿清亮，看茶叶是否漂亮婀娜，由里而外地审视。茶叶倒是不在意这些，自己舒展，自己释放，不喝放在那里，它也会听之任之地慢慢冷却，任你辜负一杯春色。

绿茶生津开胃，同时又极伤脾胃，越是新茶、越好喝，越是伤。空腹喝茶更是不可，不但伤胃且容易醉茶，所以便有了茶点。

老家有一种茶点叫茶干，用上好的黄豆制成

了豆腐，再经过细细碾压，最终形成薄片，压到紧实，用五香卤料进行卤汁，重重上了色，形成一块块黑色的、散发迷人香味的豆腐干，素食赛肉香。

吃的时候，可以整片，也可以切成小块，或切成丝，用麻油拌了，或是再加一些江南特有的、研磨细腻的辣椒酱。红色的辣椒酱点缀在块状的茶干上，看着很有食欲，加上茶叶的清香，伯牙子期，琴瑟和鸣。人间美味大多如此，你映衬着它，它附和着你，两种美味混在一起，一固体一液态，配合得天衣无缝。

还有一种豆腐干则有些让人掩鼻。

白豆腐压成豆腐干后，辅以芝麻秆发酵，卤水便散发一种臭味，白豆腐在其中逐渐变了脸，那种颜色和徽派建筑中的青砖尤为相像。切来放在盘子里，远远便能闻到一股独特的味道，有人称之臭，有人则觉怪异，但绝对没有人觉得香。

将切好的豆腐干配上麻油、辣椒酱，颜色比茶干尤胜，非常好看。没有吃过的人，大着胆子夹起一块，尝过，不由心花怒放，味道竟然如此特别，香入肺腑。

香是一种很独特的体验。鼻子能感受到，嘴唇、牙齿和舌头也能感受到。臭豆腐干有些先抑后扬的味道，刚开始，鼻子闻到，并不理想，等入口之后，方觉其美味。是秀外慧中的小家碧玉，是徽州人内敛秀雅的性格。

两种茶干有时候会汇聚到一盘茶点当中，再配上一些咸白菜作为浇头，麻辣的红油点缀，真是将春色锁在了盘子里。茶是流动的春色，盘子里则是凝固后浓缩了的春色，都是一种温暖宽厚的美。

在九华山脚下，我吃过一种买来便已切成丝，极薄的茶干，颜色是古铜色的，已经拌好了作料，既油又辣，长长如豆腐丝，吃面的时候拌在面里，非常有嚼劲，咬得腮帮子疼，却不舍美味，无法弃口，眼睁睁看着自己将一大盘子茶干丝吃完了，回去之后，胃里则如火灼烧，很是懊悔，但次日再去店里，依然会点上一盘来，吃得一干二净，满头流汗。

后来在黄山脚下，也看到这种茶干，这一次是方形的，两种味道，辣味和五香，也是极薄，薄到近乎透着光亮。买了带到宾馆大嚼，兴头竟一时盖过了黄山的风光，不忍释口。

有一年，和好友在扬州相逢。

听导游说，扬州人的早晨皮包水，晚上水包皮。水包皮说的是洗澡，爱干净，讲清洁。皮包水，则是早晨必须要喝早茶，早茶必须要配的是烫干丝。听到"烫干丝"三个字，朋友按捺不住，拉着我飞也似的往百年早茶店富春茶社奔去……

那茶社总店竟在一个小巷子里，真可谓酒香不怕巷子深，招牌也不大，慕名而来的游客却络绎不绝。

我们倚窗而坐，点了一份有名的"烫干丝"。

烫干丝的主料是白色的豆腐干，是原汁原味豆腐的颜色，竟然切到如此之细，上面顶着姜丝，也是极细，开水烫过，便已经完全熟了。虾米、笋沫和香菜在热气中蒸腾出味道来，与豆腐的清爽混搭在一起，鲜美无比，只是吃久了，又有一些腻，此刻，白瓷杯里的绿茶正好中和了这种腻，更觉清香满口。烫干丝成了茶的前章，把茶的香味映衬得恰到好处。

又听到，正餐还有大煮干丝，便在街头某一处百年老店内点来吃。味道比烫干丝更加浓郁，火腿丝、笋丝、银鱼丝、木耳丝、口蘑丝、紫菜丝、蛋皮丝、鸡丝这一堆辅料混在一起，配上煮得油亮的鸡汤，干丝滚在其中，早已将"五湖四海"的鲜味都汲取了。夹上筷子，送入口中，在满满的味道里，却有一丝豆香缓缓释放出来，虽是主料却并不夺目，低调且奢华，轻轻一点，便画龙点睛，成就一道美食来。

我和友人均叹息，黄豆千锤百炼，竟然生出这么多味道来。一时间竟无法道出这是人的赋予还是它自身的成就。

黄豆怕是也没有想过，自己有一天会加冕成王，艳绝一方茶点，盛名响彻四方。

梅子金黄杏子肥，麦花雪白菜花稀。

——范成大

贰 · 田园霁月

说不清道不明，仿佛是一种未知的缘分，为你和这个世界之间带来一种不凡的联系，指引着你和一些事物「重逢」。

⊗ 八月果

　　每个人的人生，一定经历过这样的事情。

　　譬如，你去到某一个地方，非常熟悉，推开一扇门，发现里面的陈设和你记忆中的一模一样，就是想不起来何时来过，也或许从未来过，而只是有这样的记忆。再譬如，你经历某一件事情，对方正要说出的话，你一下子便猜到了，只是觉得奇怪，这一切不是自己曾经经历过的吗，为何又经历了？

　　说不清道不明，仿佛是一种未知的缘分，为你和这个世界之间带来一种不凡的联系，指引着你和一些事物"重逢"。

　　而这种缘分对我，却是一种食物，我始终想

不起来在哪儿吃过，记忆却如此清晰，连味道都能说得一清二楚。

那是江南的一种果子，状如香蕉，熟了便青里透红，却始终红得不那么彻底，似故意留下一点遗憾似的，凹凸不平，沾着黑斑，外形有些尴尬——并不好看……

一日去翻某个购物网站，便看到了它，电光火石之间发觉应是吃过，一时竟想不起来在哪儿吃过，只是觉得熟悉，记忆里似乎是特别甜的，那是儿时的味道，童年的味道，也是故乡的味道。

幼时，我对家乡任何一种水果都是厌弃的。那时候嫁接水准还不是特别好，不管是什么水果，或是有些发涩，或是有些苦味，终归味道不够美好。

但我对眼前这种水果不可磨灭的印象，像是长在脑海里的，挥之不去。我确定我是见过它的。

再去看价格，贵得有些离谱。但那种记忆，仿佛是一种吸引和招摇，再也抵挡不住想尝一尝的冲动，终究是买了来……

大约过了一个多星期，便收到了果实。

纸箱子已经破了，里面的果实也不知道有没有丢掉几个，还剩下五六个，空荡荡地在里面来回晃荡，等打开纸箱后，它们便有些落寞地躺在破掉的纸箱里。将纸箱完全剪开，才发现里面竟然还有一张字条，算是食用说明。

说得很清楚，此物名为八月果。正常的成长阶段，是要在八月份自然开裂，露出里面的果实来，若是收到的果实没有裂开，那就需要在常温状态下放置一段时间，等裂开了缝儿再食用——又是一段漫长的等待。

家乡有一句古话，"好饭不怕晚"，用在这里真是再恰当不过了。

某一日，在单位上班的我，略一走神，似乎突然听到厨房破掉的纸盒里，某个八月果发出"啪"

贰·田园霁月

的一声脆响，竟传到了十多里外的公司，让人垂涎欲滴……

这是我自己内心戏太足，将这一切补上了。

回来却发现有一个八月果真的裂开了，果子的皮是很柔软的，如同香蕉皮，裂开哪里会有声音。只是露出里面白瓤儿的果肉来，煞是诱人。

我迫不及待地将裂口撕大，品尝里面丰润的果实，却有极多的小籽，几乎是充盈了我整个口腔。甜是甜的，却并没有我想象的那么甜，那些果肉和籽几乎是分不开的，有点像兰香子。果肉是甜的，但这些籽却是涩的，咬破后，立刻冲淡了果肉的口感，一时间，口腔内双味来回较量，尴尬不已。

心急吃不了热豆腐，难道是心急也同样吃不到好的八月果？

是不是我没有给它足够的时间酝酿，如此丰盈的果实包裹在果皮里，这种酝酿早已给足了盼头。好比京剧里的急急风，主角总得等急急风敲打了几回，才能出来，早出来或是晚出来，都达不到效果……

我把一切的问题归咎于自己。

没有关系，还有好几个，我可以继续等待……

世有昙花，很多爱花之人不惜彻夜不眠，只等夜间它幽幽绽放，与它逢上一面。世有八月果，我不惜等待数日，只等它裂开后品尝美味。

可是，八月果迟迟没有动静，直到其中一个发黑，腐烂了……

真是尴尬不已。好比某件事，气氛烘托到了极点，却发现事情黄了。某场演唱会，已经等了一年半载，在开演的前一天，突然取消了。气氛上来，如何让人强压下去。

不能再等了，如果再等下去，其他几个八月果都将寿终正寝，这是暴殄天物。

于是，强行剥开其他几个。

依然如初。

是我的问题，还是此次购物的问题，抑或是……难道，或许真的是我的记忆给它装点粉饰了一番？

我回到老家，便迫不及待地问家人，是否知道有一种水果，叫八月果，江南特产。众人疑惑，半天没有反应过来。只有小外甥聪明，问是不是"八月炸"，一种到了八月就要裂开的水果。

有九分靠谱了，我兴奋不已。

恰好，那时正是八月，如何不去寻来……

小外甥笑道："现在还有谁吃那个？水果市场什么买不到，那些东西有什么好吃的。"

虽是这么说，但还是带着我去摘了来，并不难找到。而一路上，竟然找到了童年时期吃的那些山果，树莓、蓝莓、蛇莓、毛针、酸苔、葛根，等等，虽然都不好吃，但一下子勾起了我童年的味蕾。那时这些东西，哪里那么好寻来，都被人摘了去，但如今这些真的被新一代的儿童丢开了。

"八月炸"在山里找到了。

　　树上有已经完全成熟了的果子，剥开来吃，却依然不好吃，和我吃的第一个不分伯仲，如果硬说好的话，似乎是甜了一些，却不明显，那些籽依然困扰着我。小外甥还要摘，我却阻拦了，实在无法享用，只能草草收场。

　　追逐记忆的事终究丢开，放手了。

　　那段记忆如梦似幻，不真实，却就在那里。那是前世记忆？还是另一个时空发生的故事？终不可考，究竟发生了什么，遇到了什么人，也不记得了。但那份洁白如雪的果肉，甜糯如芝麻汤圆的口感却一直萦绕在那里。

　　我想，我是吃过最好的八月果的。

那道菜入口时极爽口，带着一股清淡的青草香，很有些江南乡村的风味。小菜的美就在这里，它不张扬，更没想过要如何勾魂摄魄，很简单地呈在那里，有它自己的坚持，不逢迎，不低头，但当你品味它的时候，它也不会吝啬于它的释放，回馈最好的本真……

⊗ 红花草

四月的江南，田间阡陌都会盛开一种花草，如毯子一般在稻田里铺陈开来，茂盛如火，势不可挡，蔓延得整个田野间都是。

草色自然是单调的，只是这种单调不会太久，等茂盛的草长到成熟，便会点缀起红白相间的花朵。那花朵极小又极秀丽，红色又不纯粹，似红得发紫，却又不是纯紫色，带一点点的玫红，在花朵的底部收了去，转为白色，小小一朵，却将色彩调制得如此出色，也是追求到了极致。这种小而美的花朵，在田野间，星星点点地绽放着。

家乡人称它为红花草。

再去仔细看那红花草，发现其细致如一朵莲，小巧的，一瓣一瓣，再细细地瞧下去，那一瓣瓣却不是花瓣，而是独立的花朵，这些细小的花朵汇在了一起，簇成了一朵来，如此才是那一小朵的花团锦簇。真是螺蛳壳里做道场，玩的就是细致。

叫它红花草多年，却一直没有意识到这是一个错误，若干年后查证，才知这种草的名称竟唤"荷花草"。

荷花便是莲，看来并不是我一个人感觉到它像一朵荷花。且越看越像观音菩萨脚下的莲台，极精致，又极脱俗，早有古人因此而给它取了这个名字。

江南的农村，老人骂一些不知节俭的孩子："颂往三"（音译）。少时，自己也曾被长辈骂过很多次，不解其意，只是这么记下了。后来才知，以讹传讹，竟将大财主"沈万三"的名字念成了"白字"，变成了一个崭新的、教训人的词来。而如今这"红花草"焉知不是"荷花草"错传而来，倒是也贴切，这花可不就是红花！

红花草之所以在稻田里绽放并不是因为要人观赏它的美，更不是因为它有什么果实可以成为农人收割的对象。说出原因来，真是对这如此美丽的植物的命运唏嘘不已——它竟然是作为肥料的。

暴殄天物！

农人在前一年的秋季，收割了稻谷，便在空旷的田野里，洒下了红花草的种子，之后也不再去管它。红花草自知无人重视，便也失去了娇惯自己的权利。种子在冬天里蛰伏于土壤之上，一直等到春天，开始发芽，茁壮成长。这是一个被人遗弃的婴儿，没有人去照顾它，几乎没有人想到它，它是那样独自生根，独自长大，独自开花。等红花草茂盛了，花朵欣欣向荣了，一直等到它最健壮的时节，也是农人准备翻地下种的时候了。随着铁犁划过湿润的土壤，那些红花草便被连根翻了个个儿，埋在了土壤里。等到要种水稻时，往田里灌输足够的水，红花草便沤烂了，成为极好的肥料，改变了土壤，等待水稻种子的生根发芽……

　　红花草便走完了它的一生。

　　已收割完的稻田，种满了红花草，到了四月，简直是孩子们的乐园。红花草早腐烂一天和晚腐烂一天，农人并不在意。孩子们在开满玫红色小花的稻田里，打滚、嬉戏、再躺下，去看蔚蓝的天空。这是盛春时节，温暖而舒适。闻着泥土和青草的香味，孩子们慵懒地打个哈欠，足以忘记老师、课本和需要写的功课。

　　那一刻的童年是纯粹的！

　　一次，在温州一家典雅而古朴的小餐馆内，友人点了一盘餐前的冷盘，竟是一道凉拌的红花草。我惊呼，原来这个东西并不只是做肥料，它是可以吃的。

　　白瓷盘中垒起一摞小巧的、碧绿的红花草——应是汆过一遍开水，沥干，再用各色配料，油盐酱醋拌出来的。在那摞小巧的红花草旁，还放置了一朵娇艳又雅致的红花草的花，顿时心生好感——当年肥料之说真是淹没了它的魅力，如落难的公主，如今才真正回到了自己该有的轨迹上。

那道菜入口时极爽口，带着一股清淡的青草香，很有些江南乡村的风味。小菜的美就在这里，它不张扬，更没想过要如何勾魂摄魄，很简单地呈在那里，有它自己的坚持，不逢迎，不低头，但当你品味它的时候，它也不会吝啬于它的释放，回馈最好的本真……

再去查它的资料，才发现，它竟然就是紫云英，这更是让我惊讶得合不拢嘴。

要知道，我从小到大吃的蜂蜜，最多的便是紫云英蜂蜜。紫云英蜂蜜不但常见，又品相极好、极甜，甜度高出其他花蜜好几倍。儿时嗜甜，便记住了紫云英这个名字，却名不对物，真可谓枉入红尘若许年。

它是没有花香的，唯独的青草香似乎和花朵无关，竟然能被蜜蜂酿出如此甜的蜜来，让人难以置信。

犹记得心灵手巧的女孩儿会坐在稻田里，将红花草的花朵采下来，将它的茎拆一个小洞，一个一个串起来，便成了一个花环，戴在脖子上极好看。张爱玲说，恨海棠无香。又有多少女儿家会恨这红花草无香呢？只是没承想，蜜竟这样甜，可见造物者是公平的。

我顺着紫云英再去探秘。

它像宝藏一般，挖下去，便会给人太多的意外。

探究中得知，《诗经》里有《防有鹊巢》，"防有鹊巢，邛有旨苕"，提到的苕这种植物，便是红花草。如此一来，更添了一份文学的依傍，红花草在我的眼里更加地珍贵起来。

春日四月，回乡之时，已难见红花草的踪影。问其原因，才知道，如今肥料种类很多，买来施肥方便，何必还要用如此原始的方式来改变土壤呢，农业都已现代化了。如此，想吃红花草的想法便只能深埋在了心里，久久不能释怀，想着若是有一天能重回温州，再找到那家店，一定还要点上一盘，以慰内心寻踪之苦。

　　红花草在我的心里，从肥料转为了美食，又加各色点缀，身价慢慢抬了上去，让人不时想起它。却突然于一天遁形无踪，戛然而止，变成了回忆中的念想，不知道何日再见了。

　　这样一想，好似在人间大闹一场，销声隐去，无影无踪。

　　真可谓大智慧也！

那一盘蒲菜便是从唐诗开始，走过宋词，落在元曲之上，绕过房梁，从纳兰的肩头跳过，越过了江南春秋几百年……等吃完，方才从梦中清醒了。

⊗ 水蜡烛

池塘是江南人的宝藏。

青山之间依偎的小村落，必有一池碧水荡漾在村前村尾。池水好似不甘寂寞，总是逶迤出一条浅浅的小河，绕过村庄，奔向山涧里去。

池是活水，清澈见底，仿佛能一眼看透，却蕴含着无数的奥妙。

碧波之下的湖鲜，自不必说。清早船儿去撒网，晚上归来鱼满舱。那水下世界的宝贝似取之不尽用之不竭，总是给人无尽的惊喜。水上的世界呢？自然也不弱，荷的清香，菱角的肆意，茭白的飘逸，素食于水上，似乎干净了许多，脆生生的，惹人喜爱。

　　有一种植物，江南人称之为水蜡烛，长有翠绿的枝条，等成熟了，上面便会生出犹如蜡烛一般的物件，暗红色，又有些像香肠，肉嘟嘟的，却不能食用。水蜡烛长于水畔淤泥里，离岸有一段距离，虽不亭亭却也有一丝亮丽风景。它在告知众人，可远观而不可亵玩焉。

　　有人说那暗红色的物件是果实，农人却否认，称其为花朵，但看上去似乎比花朵更为丰盈，好似收获。农人将其采来，称之为"水蜡烛"，言简意赅，真正是生出来的名字。中间的茎正好是蜡烛芯，极其形似。

　　少时，家乡总是停电，农人无奈之下，便只能点蜡烛。稍贫困一点的家庭，便将水蜡烛采来，等烈日晴好的天气，将水蜡烛暴晒至干透，再沾上煤油，便可以燃烧照明。一只水蜡烛足以点很长一段时光，如火把一般浓烈，驱赶走郁郁的黑夜……

我家倒是很少用水蜡烛来"做灯"，但这并不妨碍我对它的喜爱。一是如蒲公英一般，将采来的新鲜水蜡烛用手捏捏，它便全部膨胀开了，像玩一场魔术，再抖上一抖，水蜡烛便四散开来，迎着风飞散出去了——这是植物传播种子。二是将晒干的它点燃，很是惬意地玩一把火。后者便会迎来大人的一顿痛打——倒也不在意，反正调皮惯了的，皮实得紧，父母也舍不得真用力气，吓唬吓唬也就算了，嚷嚷两声，两代人似乎都在走过场，就算了结了一桩公案。

　　挨一顿不痛不痒的揍换一次惬意地玩火，其中的利益得失还是算得清楚的。

　　至此，水蜡烛都是拿来玩的，谁也未曾想过，这竟是一种极为鲜美的食物。

　　淮安人喜食蒲菜，我却一直未曾亲尝，甚是遗憾。

　　上大学时，品尝了一位同学母亲带来的水饺，很是美味，那馅有一股浓浓的清甜味道，混合着

肉香，肉食竟然也变得嫩滑了，与那配菜很自然
地融为一体，包裹在饺子里。咬破饺子皮，仿佛
释放出了精灵，唇齿之间，顿时演了一场《牡丹
亭》的"还魂"，悠悠荡荡的，是不真切的味道，
让人沉迷其中，跟着昆曲的调子，把魂儿都惹飞
了出去。

问，其中为何物？

答，蒲菜饺子。

一时惊为天人，如薛蟠见了林妹妹，身子酥
了半边。

再问，蒲菜是什么？

答，水边长的植物，很漂亮，会生出香肠一
般的果实。有些地方称之为水蜡烛！

水蜡烛！

三个字顿时让人吓了一跳。不知大家是否有
这样的记忆，儿时班级里总有一个学习不好、调
皮捣蛋、"无恶不作"的"坏"孩子。十多年过去，

某一天突然光鲜地出现在你的面前，彬彬有礼，已是业界栋梁！

昨日，水蜡烛——一个蜡黄、发育不良的田野黄毛丫头。

今天，蒲菜——一个脚步轻盈，缓缓走过楼板，千呼万唤才走出来的花魁！

天壤之别，不为过。

再见蒲菜，便是菜市场里那一捆洁白窈窕的素净，仿佛在菜市场的岸上点了一盏灯。整个菜市场一下子亮了起来，还是走马灯，缓缓转着，上面写着"江南好，风景旧曾谙，日出江花红胜火，春来江水绿如蓝……"

蒲菜如葱根一般的颜色，却又比鲜嫩的葱根水灵、细腻，洁白如女子的手指，泛着淡淡的青色。那是妆罢低声问夫婿时轻轻落下的手，有些疑惑又有一些缠绵。或是花蕊夫人的手，只轻轻一舞，自清凉无汗。

　　将蒲菜买了回来，想用葱姜蒜炝锅来炒，友人赶忙拦住。说道："殊不知，这蒲菜是最为细嫩脆弱的，经不起一点其他作料的侵扰，如果是葱姜蒜爆炒，那是吃不出蒲菜清甜味道的，可用肉炒了，或是干脆凉拌，清炒也是极好的菜。"

　　我便真的清炒了它，真的不加一丝作料，连油都放弃了重味的，只用色拉油烧热，将蒲菜切好，只是简单地翻滚，大火炒至断生，便盛在盘子里，端了上来。

　　这道菜很江南。

　　盈盈地落在盘子里，给人一种轻盈之感，如云烟一般。尝在口中，有丝淡淡的清甜，闭上眼，眼前飘过月夜下的池塘，有倦蛙鸣唱，有水草随风摇曳，水面的波纹也是安静的，一切都是轻轻的，静静的，天空有一丝轻如烟纱的云，偷偷掠过圆月。那月淡淡地滴落一颗清澈透明的泪……

　　那一盘蒲菜便是从唐诗开始，走过宋词，落

在元曲之上，绕过房梁，从纳兰的肩头跳过，越过了江南春秋几百年……

等吃完，方才从梦中清醒了。

难道这就是儿时玩的那支"水蜡烛"？换成蒲菜便有了另一份思想。好似游走的鬼魂突然归位，成了正神一般，是姜子牙在封神台上念了的名字……

可见一件物品只落在应该落在的位置上，方才有了魅力。若是落在其他地方，最终成为无知小儿的玩物，就暴殄天物了。

若干年后，有一次在电视里看到介绍甜芦稷，竟是苏州与上海部分地区极为风行的季节性小吃。到了季节，街头巷尾均在叫卖，一声声，勾着孩子们争先恐后去找大人要钱。

⊗ 甜芦穄

那时候，我七八岁，住在江南乡下。

母亲是一个山村教师。那是一个典型的山村小学，依山而建，循着陡坡上去，才能看到平坦的操场和几间简陋的瓦房——上面是通的，所以几个年级上课，彼此都会受到影响。

虽然条件艰苦，母亲却是一个恬淡而温暖的人，并不在意这些。那间教室里，有一盏柔和的灯光照耀着，江南梅雨季节，光线黯淡，孩子们似乎也没有那么在意了。

午后，母亲便去村子里的老师家搭伙。有一日，我跟着母亲来学校，具体什么原因已不记得了，只记得中午顺势跟在母亲后面去吃饭。

那老师家有几个女儿，都大我很多。其中一个女儿看我一人无聊，便拿着镰刀带着我去了菜园里，已不记得菜园里到底有些什么，岁月将一幕幕画面蒙上一层薄而轻的雾，一份轻描淡写的诗意，看不真切，却依然在脑海里泛着光芒，镌刻下来。

只见那姐姐走到大约十来棵玉米一般的植物前，停下，堪堪几下，手起刀落，便倒了两棵，拖着走出了菜园。

我有些懵懂，问："这是什么？"

姐姐没有回答，倒是卖了个关子，狡黠一笑："好吃的。"

一时有些不爽，左不过是看我年纪小了，打趣我罢了，如此玉米秆，又没有结穗，如何吃得？又有些疑惑，农家人对食物是敬畏和怜惜的。记得有一年在乡人水田旁，我将那水稻没有打开的苞子抽了下来玩耍，惹了农人一通好骂。骂了半晌，才发现那片稻田竟不是他的，只是看不得我糟蹋食物。小孩子如此不爱惜粮食，本就该教训的。既如此，这个姐姐如何能拿食物来浪费，而这种浪费只是为了哄我？

便不再问了，只是疑惑，亦步亦趋，跟在姐姐后面。

姐姐去了那物件外面的叶子，再将杆子切成小段，去山泉水中清洗干净了，递给了我，笑道："这是'甘蔗'，味道很好。"

又哄我！

如何能有这般纤细的甘蔗？

只是，仔细辨识，又觉得好像看起来有那么一丝相像。都是长而直，有节，又比甘蔗好看，外表光滑，一节比甘蔗要长了许多，翠绿，有一种油亮的色泽。

都已经交到我手里了，如何还能哄我？一时间，幼小的心灵更是疑惑不解起来。

姐姐此时倒是爽利，将外皮撕开，递给了我。

里面是洁白的，看上去有些松软，和甘蔗还是有五六分的相似。我将信将疑，尝了一口，确实美味，并没有人哄我，只是味道不似甘蔗那般浓烈，是似有似无的甜——若干年后，我第一次饮用茅根水，竟意外发现二者的味道出奇地相似。口感与看上去一般，极为松软，也和甘蔗不同，几乎不用费力咀嚼，那汁液便已经顺着舌头润入喉头，很是惬意。

后来才知道此物的真实名字——各地有各地的叫法，真正的学名是叫甜芦穄，是高粱的一种，因为杆子极为甜润，而高粱的产量并不好，所以久而久之，无人再去注意它结的高粱，种它只是为了作为孩子的零食。

那时候，物资匮乏，有这样的好东西，怎不教人欣喜若狂。母亲却不吃，只是笑着责怪我贪嘴，又去感谢那位老师的女儿。

母亲不吃，会不会是不好意思？他人面前，

大人总是要表现得矜持一些。那根甜芦稷，后来我带了一小段回到家，想请母亲也尝一尝，母亲却还是不吃。那晚，我忍不住食物的诱惑，眷念不已，趁着饭后的空当，又将那一根吃了。母亲笑道："若是甘蔗，还不要了你的命……"

若干年后，有一次在电视里看到介绍甜芦稷，竟是苏州与上海部分地区极为风行的季节性小吃。到了季节，街头巷尾均在叫卖，一声声，勾着孩子们争先恐后去找大人要钱。

有些人还用甜芦稷来做成小灯笼，煞是好看。

不由让人想起，苏州一带六七月份，总有人跨着竹篮叫卖着茉莉花，那一缕香味只要想起便让人回忆起江南，甜芦稷也是如此，是味觉上的粘黏。

后来，因为这一点牵挂，我去苏州时，在街头找甜芦稷，却怎么也寻不着，或是季节不对，或是地方不准确，总之很是失落。

北方没有甜芦稷，我和一个山东朋友聊了许久，比画半日，他也不能理解，只是说，听起来有点像是玉米秆。少时，他也会去找玉米秆来吃，嫩的玉米秆是甜润的、有汁液的，撕开表皮，也如同甘蔗一般。但大人们又怎么会愿意将结口粮的食物放弃，给孩子们做零食？因此调皮的孩子便偷偷去地里砍几根，在放学的路上咀嚼，留下一地的残渣。

"现在的孩子则大多不吃了。"他感叹。

岁月带走了童年，也带走了一个时代，最终留在口中的是那一抹淡淡的经得起咀嚼的甜香，那抹甜香的纯粹值得用一辈子回忆。

它有一种田园的清香，吃在嘴里带着一丝水润，味道很清雅，倒是蒜姜很是夺人味觉，为整个平静的味道增添了一些起伏感，有了层次。

⊗ **鸡头米**

母亲爱做一道菜，名为"鸡颈"。

初尝这道菜，母亲没少卖关子，渲染很久才揭开庐山真面目。

年幼时，爱吃荤食，听到这个名字，不由得唇舌大动，跃跃欲试，只等菜上桌的那一刻。但端上来，却大失所望。那菜托在白瓷的盘子里，呈琥珀色，是一种植物的茎，油亮亮的，像是荷的茎，撕去外皮，蒜姜炝锅，炒至断生。

失望之余，还是尝了尝，味道倒是清新，幽幽然地仿佛吃进去几句余香满口的宋词。那是醋酽橙黄分蟹壳，麝香荷叶剥鸡头……

"鸡颈"怕是来自食材本来的样子，用在这里有些大煞风景，却让这道菜有了一个先抑后扬的广告，也算不枉费这名字了。它有一种田园的清香，吃在嘴里带着一丝水润，味道很清雅，倒是蒜姜很是夺人味觉，为整个平静的味道增添了一些起伏感，有了层次。

　　江南水产丰盈，不只是鱼虾满仓，还有那些数不清的植物，菱角、莲藕、蒲菜……说来奇怪，这些水生的植物，根茎叶花乃至果实都是可以入菜的，味道也多是清淡的，像一个个顺其自然的隐士——你吃便吃吧，我就是这个味道，也不会因你的要求而做改变。纵然千锤百炼，余味却依然质本洁来还洁去。

　　后来一次，放学回家，见桌上盘子里摆了大半个剥好的果实，极为饱满。母亲笑称，是一件稀罕物，给我留的。

　　那果实如同剥开的石榴，皮已尽数去除，只

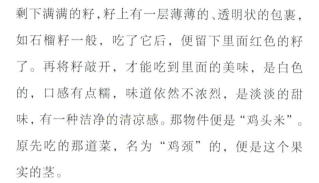

剩下满满的籽，籽上有一层薄薄的、透明状的包裹，如石榴籽一般，吃了它后，便留下里面红色的籽了。再将籽敲开，才能吃到里面的美味，是白色的，口感有点糯，味道依然不浓烈，是淡淡的甜味，有一种洁净的清凉感。那物件便是"鸡头米"。原先吃的那道菜，名为"鸡颈"的，便是这个果实的茎。

追本溯源，两件美食终于联系到了一起。

大凡年少的时候都喜欢甜润或浓烈的味道，奶茶必要加糖，可乐必要见冰，肉食必要油亮亮的才好，若是辣，必是吃了通体冒汗，每个毛孔都如点火了一般，如此川菜便"横行霸道"起来……少不更事，哪里能知道淡雅的好处。喜欢的颜色也是如此，红色、紫色，浓墨重彩，却不知"孤舟蓑笠翁"的好处。

大人苦口婆心劝孩子多吃一点蔬菜，孩子却品不出一点滋味来。实在不行，大人便开始强迫，因为知道其中的好……

那次，我吃了几粒"鸡头米"便放下来，一来太麻烦，二来也的确没什么滋味。一开始倒是细品，好似有些味道，到后来便是细品也觉得乏味。形如石榴，却比石榴差得太多，简直是天壤之别。石榴皮糙，像是故意掩人耳目，腹有诗书便难掩其华美。剥开石榴，便是打开了一扇宝藏大门，活色生香，是大圣打翻了兜率宫的宝葫芦，里面的仙丹全部抖翻出来。红红的石榴籽，抓一把咬在嘴里，颗颗爆浆，粒粒饱满，甜得彻底，带着丰富的果香，又好似有一丝让人心醉的酒味。

"鸡头米"与石榴相比，活像乡村小丫头，虽然活泼俏皮可爱，但在贵气雍容上，还是差了一截。

一次外出游玩，坐在乌篷船上。船轻轻荡开水面，在开阔的荷塘内，缓缓游弋。八月的天，荷的芳香沁人心脾。古人称荷"可远观而不可亵玩"，无论远近，依然有几分傲然，却被人强行介入，荷心有不甘，在水面之上，遗世独立。就在这时，又看到池塘之上有着星星点点的紫色睡莲，只是因过了季节，所剩不多，但独特的颜色和精巧的身姿还是让人为之精神一振，不由地，想采一朵来……

朋友道："这便是芡实了，它的果实可以吃，还是中药，补身子极好。"

朋友一面说着，一面采来一只芡实。果实真是漂亮，像鹤的头，有尖尖的喙，通身有刺，还有一道纹理，仿佛闭着的眼睛。而果实下面带刺的茎更像是鹤的脖子，惟妙惟肖。朋友二话没说，将芡实压在桨下，挤出里面的籽。这一下，倒是让我大吃一惊，那一颗颗迸出来的、落在船舱里的，不就是"鸡头米"吗？

"当然，鸡头米便是它的别称啊。"朋友不以为然。

我这个土生土长的江南人深感羞愧，竟不识芡实……

　　刚采下的芡实味道更清新一些，水灵灵的，好似没有脱水，有着活泼的生命力，在口腔里萦开，味道并不浓烈，清香甜润却在舌底生津，很是爽口。事实上，离我第一次吃芡实已过了十多年，如何还记得当年的味道？只是这一次感觉不一样，怕是和当年吃芡实有天壤之别。衬着山水，吃着芡实，如同神仙一般。

　　岁月的历练，让食客多了一份对清淡的向往，舌尖那一丝若有若无的滋味，在入喉时似是而非的飘逸感，准确地捕捉到每个食客疲惫的心。此刻我们是在用心品尝，而不是少时那么单纯的唇舌之味。

　　浙江有一道名点，叫芡实糕。我到杭州旅游的时候尝了尝，与云片糕大致相仿，只是用的是芡实磨成粉，再炒熟，和上面、糖、油，压制而成，口感很糯，多了一些糖的浸染，本来的清甜已丝毫尝不出来了——倒是不影响芡实糕的美味。

只是有时候，美味不只是味道，还有口感，有环境，更有故事和回忆，一切综合起来，才是美味，是心的品尝。

如此才算是全然地了解了"鸡头米"了。

对，在我这里，它不能叫"芡实"，因为只有叫"鸡头米"的时候，它才是我了解到的全部。

据说有些地方将菊花脑称为菊花郎，这个名词听起来非常可爱活泼，一下子便有了画面。江南小儿散学早归，放飞东风纸鸢，草长莺飞，菊花郎便是二月天的《村居》，是乡野炊烟温暖的欢喜。

⊗ 菊花脑

第一次去南京，饥肠辘辘时途经一家小饭店。

点了几个菜，一个芦蒿炒腊肉，一个酸菜鱼。汤一时不知道该点西红柿鸡蛋汤还是紫菜蛋花汤。

服务员不失时机地推荐道："菊花脑鸡蛋汤。"

那是阳春三月，听到菊花，仿佛闻到了久远的菊花香，不由心情为之一振。只是很好奇菊花脑到底是什么，又是如何入菜的。不好去问服务员，怕对方一脸鄙夷地回应：连菊花脑都不知道的乡下人。于是不由分说，接受推荐，等待揭开神秘面纱……

大大的汤盆里，菊叶和鸡蛋花漂在翠绿色的

汤汁里。菊叶还保持着原有的颜色，在汤汁中，略显飘逸。鸡蛋如同一朵朵盛开的菊，盈盈一水间，很是漂亮。这才醒悟菊花脑原是三月里的嫩菊叶牙尖。

将牙尖掐了下来，洗干净，几乎没有任何加工，放在水里煮开，再放打好的鸡蛋，搅拌，待熟了定型，点上几滴香油，便可以上桌了。

将汤料舀到自己的碗中，慢慢地品尝。

汤是清爽的，不失菊花的清香味道，又有鸡蛋的顺滑。菊叶的清爽竟是小青菜、鸡毛菜等等所比拟不了的，江南的三月是雨雾葱茏间的几处烟柳，是晴如水洗后的霁月岫烟。这些就是菊花脑的味道，那种清香让你把江南三月的诗情画意全部融到了胃里，又熨帖又舒适。

据说有些地方将菊花脑称为菊花郎，这个名词听起来非常可爱活泼，一下子便有了画面。江南小儿散学早归，放飞东风纸鸢，草长莺飞，菊

花郎便是二月天的《村居》，是乡野炊烟温暖的
欢喜。

　　有一次在电视里看了一个节目，是美食大师
蔡澜烹饪海鳗。办法倒是简单，只是将新鲜的海
鳗拿来，丢进燃烧的草木当中去，那火瞬间吞噬
了海鳗，渐渐火灭了。蔡澜便从草木灰中扒出海鳗，
此时，海鳗周身已经全部焦黑。大师毕竟是大师，
只见他从容地将海鳗的外皮撕了下来，露出里面
白而晶莹的肉来，大嚼。蔡澜说："这样才是最
好吃的海鳗，微微鲜甜的口感，很是爽利。"美味，
有时候并非需要一些珍奇稀罕的食材或是精致烦
琐的加工方法，菊花脑正是如此。

　　无人采摘时，它便是杂草，有繁茂的生命力，
旺盛生长着，无人去管它。日子久了，便生出了
淡黄色的雏菊来，此时便从食物升为观赏的花
木——也不能这么说，菊花晒干，也可以用来泡饮，
香气扑鼻，还有降火之功效。

不管是何时何地，菊花的料理均不复杂。只是简单的食材、简单的方法便可以得到一道可口的菜品或是饮品。

后来在南京定居，住处不远便有一个很大的菜市场。到了春日里，不时便会去买来菊花脑。真是便宜，几块钱便可以买上一大方便袋。买回来，泡在水里，浓绿的叶子舒展开来，让人看了，恨不得洗干净便吃上一口。

事实上，也这么做了。

将洗干净的菊花脑切碎，用盐腌制了，半个钟头后揎干净水分，再用糖、麻油、鸡精拌匀了吃。依然清爽满口，但入口后，略有些苦涩，有些像蒲公英，却比蒲公英要更具亲和力。只是不如菊花脑鸡蛋汤好喝。

于是，只要应季，这道菊花脑鸡蛋汤一直都是饭后最好的清汤，非常喜欢。

在南京的日子，较闲适。

有些时候，会约上几个朋友一起去江心洲逛一逛，自己带着烧烤的器具，自己动手，临水架炉，烧烤得烟熏火燎，待熟了，品尝滋味。

那个时候江心洲还没有开发，种植了很多葡萄，要去江心洲，必须从郑和公园不远的地方坐轮渡过去……

如今已有十多年未曾去过了，只是听说江心洲已经开发成了商业住宅区，到底是什么样子，却并不清楚。怕是当年的那些柳树、芦苇以及葡萄架等等都已经不在了吧。

那一日，我们在江心洲吃了自己做的烧烤牛排，没有酒，却不失狂欢，撑得无法席地而坐，只能四处走走消食。偶听见诗人朋友刘姐惊呼，这里有一大片菊花脑。这一声喊真可谓是惊动四座，大家纷纷过去看……

在一处葡萄园外的篱笆下，菊花脑泼辣地铺开了，沿着篱笆不知道延伸多远。郁郁葱茏，生命力极其旺盛，既随性又留有江南温柔的韵味，依偎在篱笆墙下，小家碧玉一般，悄悄地散发着迷人的芬芳。

那一晚，我在住处煮了一锅菊花脑鸡蛋汤，只是因为中午吃得太多，没有再添主食，每人喝上一碗，将一下午肉食的油腻缓缓压了下去，极为惬意。

那时的窗外，我们均没有注意，一轮新月正冉冉地从云层里透了出来。

迷迷糊糊之中，那藕粉已被朋友冲泡了，晶莹剔透，里面却放着极多的干果——腰果、核桃、葡萄干、枸杞等等，舀起一小勺来，味道真是无可挑剔，顺滑、细腻……

⊗ 藕粉羹

母亲喜欢看古装宫廷剧，我便跟着看。

红墙黄瓦，宫中女子尔虞我诈，只为有朝一日能飞上枝头变凤凰，那便可全族人脸上有光，自己名留千古。

那些宫廷女子步履维艰，深宫的生活好似不见天日。来回挣扎，自是不易，更要想着法子保住青春，不愿时光流逝。

那些补品看起来尤为重要。

故事中的女子用一只银匙在一件精巧的骨瓷碗里舀那膏状食物缓缓品尝，颜色清澈透明，有些时候会夹杂一些枸杞、桂圆、干果，似养生秘方。那补品可能是雪蛤，也可能是鱼翅，总之极为难得。

倒是像极了小时候吃的一件食物，果冻一般，甜润可口，是孩童时期父母对孩子的奖赏。

藕生于水乡，在山区并不多见。藕粉更是难得，山区与之相近的是土豆粉、山芋粉或葛根粉，而这几样便和那些"宫廷补品"极其相似。

前两者在山区并不是什么稀罕物，大抵是将土豆或是山芋（有些地方称之为地瓜，但在江南，地瓜又是另外一种食物）弄碎后，洗出其富含的淀粉，再静置沉淀，撇去上面的水，沉下来的便是淀粉了，晒干碾碎便可食用。

葛根则是一种野树的根，据传是东晋时期，一位名叫葛洪的修仙之人发现的。葛根在大山之中，如同巨蟒盘旋，里面的淀粉含量极高。

采回来，具体操作办法与土豆、山芋相同，如此便可获得葛根粉。

晒干的淀粉呈灰白色，用一点冷水调开，再

用热水冲泡，便呈膏状，可稠可稀，稠则口感更黏，稀则更加顺滑，加上糖调匀，便是极好的甜品，孩子们的最爱。土豆粉和山芋粉也就罢了，葛根粉的细腻让吃的人惊奇不已，如此细嫩，赛过最细嫩的脱脂豆腐，不敢吞咽，好似怕伤害了它。如此粗粝的葛根却能提纯出这样的好物，可见万物不能只看外表的。

如得了葛根粉，母亲便会将门前的桂花树上落下的金桂收集了，晒干，在调匀葛根粉之时，放进去。桂花的香味瞬间被唤醒，在甜润的香味当中品尝那一份独特的膏状食物，甜本就让人快乐，加上如此口感，如此香味，更是秋日里极好的心灵安抚，同时也降燥降火，让人心情也随之愉悦起来。

物以稀为贵，藕粉在山区，还是极令人向往。

有一年过年，父亲的一位朋友带来一盒藕粉。直到今天我依然记得那藕粉包装盒的简陋，只是硬纸壳上简单地涂着一些颜色，画着荷花和藕，写着大大的两个字"藕粉"，那时哪里还想看这些，连忙拆开，一睹庐山真面目……

那藕粉和普通的淀粉没有什么区别，要硬说有什么不同，怕是略灰一些，细腻一些，这不足为奇，毕竟是买来的商品，总是要做得精致一些、过滤得更彻底一些。不知口感如何，那晚，我便缠着母亲调了一碗藕粉羹，先尝为快。

除去曾经喝过的粉羹的黏稠和顺滑之外，藕粉羹多了一些藕独有的香甜和丝滑，香味要浓郁得多，有一种水中植物的秀丽清纯之感。颜色也略白一些，犹如仙山缥缈，云雾茫茫。不由想到《红楼梦》里的群花之蕊、冰鲛之縠、沁芳之泉、枫露之茗，倒是多了一份凄凉清冷之感。那一碗藕粉羹调得并不厚实，略显单薄，映衬了藕的轻灵，更加仙了，符合电视里所呈现的补品之感。

江南农村嫁女儿总是在最后上一道甜汤，那

汤是极甜润温暖的，象征着女儿日后生活和和美美，一生甜蜜。甜汤用的便是淀粉打底，再加一些泡开的葡萄干润在其中，如此便多了一些酸甜，口感层次也提升上来。少时，只要那筵席上有我，我便能独享了那一份美味。倒是极少能遇到用藕粉冲的，偶尔几次，母亲说："哟，真是讲究，用了藕粉。"于是再去吃它，便突然尝出了那碗甜汤里藕粉的香甜来。

藕粉羹也会做咸口的来吃，也是冲出来的美味，加葱姜蒜，有些时候则放一些肉末来熬煮，很是美味。还有一种制作方法则不是做成羹，而是红烧藕粉块——将藕粉冲得极厚，放坚实一些，切块，加葱姜蒜酱油，红烧出来，端上桌时，油滋滋地冒着热气，烫极了，却极为嫩滑，用筷子夹是极为费力的。心急吃不了热豆腐，心急也不能吃红烧藕粉块。

离开江南时日已久，在遥远的北方，是极少

能品尝到这一美味的。

在网上看到某网红大咖的田园生活，极为闲适。春有百花秋有月，夏有凉风冬有雪，甚是艳羡。偶尔一次，见她调那藕粉，舌尖生津，吞了一夜的口水，只弄得心猿意马，一心只向往江南。于是，次日下单，在她的店里买了来……

数日后，那藕粉便送来了。极漂亮精致的盒子，描画的荷叶与莲，好似透着一股清香，看得久了，目光便朦胧起来，好似看到那一池荷叶于夕阳下随风摇曳。

梦里水乡，我坐在一条摇橹小船的船头，看荷叶从身边缓缓经过，溜着船舷边，留下一抹淡淡的清香，映和着晚霞。有水鸟被桨声惊起，扑啦啦动荡了一片荷叶。红蜻蜓便无处依傍，在空中振翅，定住了，似在思考着什么……

迷迷糊糊之中，那藕粉已被朋友冲泡了，晶莹剔透，里面却放着极多的干果——腰果、核桃、葡萄干、枸杞等等，舀起一小勺来，味道真是无可挑剔，顺滑、细腻，好似《镜花缘》里唐敖逢着的仙山异踪，又好似宝玉的踏雪寻梅，更是燕青和李师师的泛舟湖上。

朋友来自荷藕之乡，吃着那碗满是坚果的藕粉，笑道："如此有些喧宾夺主了，藕粉有藕粉的坚持，若是迎合食客，达到味道的极致化，便俗气了，也糟蹋了它，和冲一杯红糖水又有什么区别。荷自是可远观不可亵玩，倒是藕粉如此大费周折，辜负了它的本意了。"

那时，我便更加怀念那一碗纯粹藕粉羹的香甜了。

看，那一瓶里，玫瑰的色泽还在，丝丝缕缕地，飘逸自在；闻，在甜香里，有玫瑰的香味，很是夺人鼻腔；尝，在甜润的口感中，有着玫瑰的一丝特有的味道，夹杂于糖味当中，将糖的味道，从俗升华为雅，已非凡品了，那是玫瑰的成就。

⊗ **玫瑰酱**

　　初识玫瑰酱，见它置于玻璃罐内，糖分已经完全浸透了，发出暗红色的光泽，看上去极为浓烈。

　　那是在南京的夫子庙，如今商业化氛围极浓，逼仄的小巷内，两边都是卖旅游礼品的地方，这家酱品店倒是稀缺，极少见，玫瑰酱是小店的主打。店铺紧挨着梧桐树，秋日里，黄叶簌簌落下，有一些飘到摊点前的小路上——都是死去的灵魂。

　　卖家是个女孩，竭力地招揽着生意，一再介绍，这便是玫瑰酱，是极其甜润可口的，是秦淮八艳董小宛制作发明的。

　　董小宛，我是知道的。只是最初的知晓，也是因为一道美食，那份美味叫"董糖"。江浙一带，

贰·田园霁月

105

逢年过节，便有家人去糖坊里买来，姜黄的纸包上，一块正方形的红纸盖在上面，用麻绳扎好，很是喜气。

孩子和老人都极爱吃。

孩子爱吃，是源于甜润，老人爱吃，则是因为入口即化的口感。这是一道很适宜老人的美食。

许久之后，才知董糖的由来，才知道那个才艺俱佳的女子——董小宛，秦淮八艳之一。一时很难将并不洁净的糖坊，油腻腻的制糖机器和这个脂正浓、粉正香的绝色美人联系到一起，遂翻开书页，寻找她的踪迹。

董小宛，曾结识名士冒辟疆，后嫁为妾。明亡后小宛随冒家逃难，冒辟疆身体不好，常感抱恙，世人以为董小宛娇生惯养，如何能服侍其起居，谁知董小宛素手纤纤，却毫无怨言，衣不解带地照顾。

人一生病便没有了胃口。董小宛是制作美食的高手，不但菜品每日不同，换着花样哄着冒辟疆多吃几口，盼他能早日康复，平日里为了补其身体，也换着花样来，为他调制各种零食，以做填补，这董糖便是如此来的……

既然卖家如此说了，便想一探究竟。问那卖家，董小宛究竟是何时制作了这玫瑰酱，又是何种原因呢？卖家似乎并不了解，只是笑道："是何时倒是不知道，只是好吃，便足够了。你吃着舒心，又何必在乎那么多？"

于是打开罐子的盖。

虽是冬日，温度不高，却依然从罐子里涌上来一股极为浓烈的玫瑰香味，混合着甜香，那是冬日里的一种温暖，是烟火气息里的一丝透亮的诗意，非常好闻。于是，哪里还管和董小宛有没有关系，欣然买了一罐，准备回去品尝。

秦淮河曾是胭脂粉黛之地。

商女不知亡国恨，隔江犹唱后庭花。那段历史里，尽管世事已糟糕到如此地步，这里都可以将一切过滤了，依然歌舞升平，莺莺燕燕，良宵红粉，轻舞霓裳，温软如梦乡。那是曾经的秦淮河。如今这一切已经寻不见踪迹，红灯笼犹在，映着水色，飘逸在夜色里，如梦幻一般，诉说着这里曾经的一切……

谁也不知道，沉入历史里的那些人，享受温柔乡的安抚之时，内心到底在想什么。是不愿看窗外的景象，还是一叶障目，并不知晓外面的世界，或是其他……一切不重要的，时间的强大，可以将一切带走，终有一天，什么也不留下。

董小宛的故居找不到了，只剩下李香君故居。《桃花扇》里哀婉却大气的女子。走过楼板，轻轻上楼，似不敢扰了楼上的妙人。也许她正在作画，或是作诗，或者对弈品茗，一切都是雅致的，无关苟且。她反驳了杜牧的那首诗。

文学很有意思，将世人的看法留在文字里、书卷中，穿过百年，前人说的话，后人回应着。岁月尘埃逐渐将一切繁华化为冷清，这里却依然热闹着，彼此辩论，辩论的输赢早已不重要了，只是各自阐述的心境和见解更有意义。看客们看得热闹，也只是欣喜地笑道："好，好，好……"

董小宛似乎更了解这一韵味。她是活出自我的人，不管是最初在秦淮河畔的风光，还是颠沛流离时她对他人的悉心照顾，外人或是嘲讽、谩骂，或是敬佩、艳羡，她均不在意，只是在后院内，研制新的菜品糖糕，目的是抚慰那个懂她的男人。她不惜耗尽心力，只为他身体康健，两人相互厮守。也许连她自己都未曾想到，最终，她情感的羁绊却依附在这些美食当中，在民间引得众人争相学习，流传至今。

玫瑰酱是不是董小宛制作的，已经不重要了。

只是这制作的工艺，颇有一些董小宛的意味。是将新鲜的玫瑰采来，洗干净了，晾干水分，一瓣一瓣地撕开。再将黄糖切碎，用来熬制玫瑰花瓣。小火，缓缓烹煮，糖渐渐化了，玫瑰花瓣也渐渐融入糖分当中，来回搅拌，直到再也寻不着一片完整的花瓣，再冷却了，将蜂蜜倒入其中，封口，便大功告成了……

至此，曾经艳绝一时的玫瑰便不再出现了，只能细细查找，才有迹可循——其实那是玫瑰故意为之，那是阅尽千帆过后的一丝坦然。那种坦然董小宛有过，李香君、柳如是也有过，是竹林七贤坚守的生活，是宝玉在雪地里朝父亲拜下后，与一僧一道离去后的岁月，也是独孤求败终其一生寻找的答案。

即便如此，世人也难以忽略玫瑰酱里的玫瑰。

看，那一瓶里，玫瑰的色泽还在，丝丝缕缕地，飘逸自在；闻，在甜香里，有玫瑰的香味，很是夺人鼻腔；尝，在甜润的口感中，有着玫瑰的一丝特有的味道，夹杂于糖味当中，将糖的味道，从俗升华为雅，已非凡品了，那是玫瑰的成就。

玫瑰便是那位女子了。

主人有酒欢今夕，请奏鸣琴广陵客。

——李颀

叁 · 江南盛宴

肉咸香而顺滑，轻盈如桃花美人，在味蕾上弹奏出一首曲调来，行云流水，余韵久而不散。是《桃花源记》里轻快的桃花林，落英缤纷，回首时，却总无法捕捉到它的美，只是回味绵长。

⊗ 臭鳜鱼

家乡有一美食，名曰臭鳜鱼。

我到了二十多岁时，才第一次亲尝。

在此之前，臭鳜鱼一直是别人心里念叨的一个传奇、我心中的一个念想、江湖上盛传的一个神话。究竟如何臭，又是如何香，只能听，未曾闻过、看过、吃过。这种感觉，如同金庸小说里盛名在外的某个绝世高手，吾等仰慕已久，却只闻其名不见其身，那种望眼欲穿，只能意会，不能言传，只盼终有一日相见，将这种仰慕之情倾吐干净，方才罢休。

一日同友人从黄山下来。因性懒，在黄山之

叁 · 江南盛宴 · 115 ·

上，未能凭借脚力去丈量台阶，寻得仙踪，缆车上，缆车下，所以并未觉得疲乏。

脚力倒是消耗在徽州老街上，那些好玩的小玩意儿、一方的美食吸引了我们，信步走来，竟不觉走多了，脚力所不及，等回过神来，已是疲劳不堪。

走至一家逼仄的巷内，大中午的，没有什么人。老板也懒于出门召唤，好似歇了业。饥肠辘辘的我们推门问了才知道，有米有菜，一概不缺，只是食客随缘，有些道家的风范。于是走到门外冰柜前点菜，遂看到了臭鳜鱼，决定一亲芳泽。

不消片刻，两条臭鳜鱼便并排放在了盘子里，盛了上来。

实在是袖珍鳜鱼，放在盘子里，看上去极为精巧，辅以葱花、剁椒等作料，臭味扑鼻。但那臭味却并未让人不爽，反而勾动味蕾。我迫不及待地用筷子掀开煎得焦黑的鱼皮，里面则是鳜鱼雪白的肉，蒜瓣一般，应着筷子便分离开来，食客如庖丁解牛，拥有了入口之前的快感。

肉咸香而顺滑，轻盈如桃花美人，在味蕾上弹奏出一首曲调来，行云流水，余韵久而不散。是《桃花源记》里轻快的桃花林，落英缤纷，回首时，却总无法捕捉到它的美，只是回味绵长。

臭鳜鱼强势攻陷了我和友人的胃，成为两位"吃货"榜上有名的菜品。之后的数年里，只要在北京，便隔三岔五，寻徽州小馆点上一份，细嚼慢咽。北方的徽菜馆子有时候总把湘菜、赣菜和徽菜混淆不清，好在，臭鳜鱼却做得不错，一直都在其水准，不管是铁板还是红烧，都能一饱口福，和家乡无异。

但口感是一回事，身临其境却是另外一回事。

吃得最好的一次，是在黄山的西递，一户老宅子里。

我和家人一起逛累了，便坐在了老宅的天井

处，叫了菜饭来。有臭豆腐，也有徽州刀板香，还有徽州小炒。主菜自然是臭鳜鱼。

这样的场所，唯臭鳜鱼才是正宫皇后，其他的菜品皆为妃嫔。

老宅百年荣光，不知道有过多少次起起落落，纷纷扰扰。几易主人，从明清一路走过来，映着百年的晨曦与暮色，白云苍狗，静静伫立，烟锁深宅。若是诉说，便是悠长悠长又悠长的故事，古宅不语，尽在不言中。只是臭鳜鱼一直从明清游弋过来，未曾流失于时光中，反而有了时光的韵味，变得醇厚起来。

这一次吃的臭鳜鱼极其肥美，也不似初次烧得那样焦黑色，鱼是黄褐色，上面点缀着青红椒，甚是夺目。

父亲吃了一口，叹服其味，那一顿饭吃得极其有滋味。

回来的路上，父亲连连说，吃了正宗的臭鳜鱼。

不等发问，父亲就说起了臭鳜鱼的两种做法：

最初的臭鳜鱼，只是商人们偶尔得之。徽州山高路远，不产鳜鱼，如何将山外新鲜的鳜鱼带回到徽州来呢？商人们想到了常用的保鲜方式，用盐水浸泡。

鳜鱼打回来，浸透于盐水中，用木桶一路担了，翻山越岭，将一份浓情从他乡转至故乡，只是一路崎岖，不免丢失了鳜鱼的鲜味。盐水倒是多情，融入鳜鱼之中，发酵的鳜鱼在盐卤里飘摇，堪堪如修炼成仙了一般，带着上佳的口感。

臭鳜鱼的鲜美一时流传开来。盐在烹饪的过程中，先到了，未等鳜鱼下锅，便已浸入它的身体，时间的加持将二者融合，浑然天成。

这是需要时间的。

还有一种做法，就没有那么麻烦了。将鳜鱼洗净，用白豆腐乳涂抹均匀，再用保鲜膜裹好，放置冰箱数日便大功告成。

虽简单，却少了木桶，少了时间，少了盐卤的腌制，一切打了折扣，味道也差了许多。一些饭店里，根本来不及做"正宗"的臭鳜鱼，只得用这个法子俘获店门口嗷嗷待食的人们。

风味是有的，神却全无。

父亲这么一说，方觉在北方吃的臭鳜鱼是缺少了一点神的，也不知道是心理作用，还是真的如父亲说的减法做鱼，不过，并不在意。能吃到，便是一种福分，值得感恩。

一年，在广州一艘游船上，和一群当地作家吃海鲜。

吃到尽兴之时，这群作家轮番唱起了粤剧，《白蛇传》《牡丹亭》一个个唱了过来。轮到我，大家都知道我是安徽来的，非要我唱一段黄梅戏。黄梅戏是旦角唱段出名，只得捏着嗓子，唱了一段《谁料皇榜中状元》，众人附和着起哄。

也不知谁提到了臭鳜鱼，说是安徽名菜，问

老板有没有，竟没有想到广州的船上竟然真的有臭鳜鱼这道菜……

不消一刻钟，臭鳜鱼做好了，明炉端了上来。臭味扑鼻，在一众海鲜中尤为夺味，很是喧宾夺主。

有人叹其臭，有人跃跃欲试。

我夹了一块尝了，的确不是发酵十来天的木桶鳜鱼，味道差了一些。

只是品着鱼肉，悠然听到一边有音响放了吕珊演唱的《分飞燕》，映着江水月色，惬意也不输于徽州深巷内那份正宗的醇香，江南韵味与岭南风情汇聚一起，竟如此和谐，美不胜收。

火腿肉是历经时间的咸香、五花肉酥烂可口却不失其形、笋虽有汤头的浸染，炖了十多个小时，纤维感却并没有失去，更将植物的鲜嫩保持下来，是威武不能屈的君子。

⊗ **腌笃鲜**

江南是水做的。

细密，缠绕，温柔，多情。

水便是江南，曲曲折折，来来回回，将江南融化在里面，一滴水墨晕染成一张清雅古朴的山水画，似有柳笛声声，斜风细雨不须归。

水不排他，包容着一切，湖泊、小溪或是河流，最终融为一体。

海纳百川？

不，不是，是水的柔情在大海里融为一体，是水的选择。

食物也是如此。一些江南的美食，已不知道

它出自哪里，不同地域都会出现它的身影，处处都称它为地方特产。比如云片糕，比如麻糖……可能各处叫法不同，味道也有可能会略有差别，但本质上却是同一种食物，辅料或增或减，灵魂不变。是各处风情寄托在同一件食物之上，生发出来不同的美味。

也有一些食物你很难说清楚它究竟是哪里的特色。一份精美的菜肴在各地的风味中辗转，最终有了自己独特的味道。南京人从四川把酸菜鱼带了过来，调理得更具江南风味，有了自己的特色，使其成了南京人桌上特有的一道美食，酸辣适中，是下饭的绝佳神器。北方的面食，到了江南，大厨便挖空心思，放弃了北方人的粗犷豪放，做得小巧而精致，端上来的面更是平平躺在清汤里，吃出一种江南的旖旎风光来，青云出岫，山谷青烟。

腌笃鲜则属于后者。

最初，私以为它是上海菜。

在张爱玲的小说《半生缘》里，顾家老太太为了招待沈世钧，用咸肉炖汤给沈先生喝。那是沈世钧第一次来顾曼桢的家，处处拘谨，而顾家为了不失排场，便拿出了最好的东西招待，这咸肉炖汤怕就是腌笃鲜。

初次去上海老洋房里吃私房菜，服务员端上来一大盆奶白色的汤来。青花瓷的瓮，呈在古朴的红木餐桌上，交相辉映，带着一份老上海的精致。服务员穿着上海旗袍配着坎肩，在一旁为食客舀汤。

一旁低低地放着唱片，老式的黑胶唱片，是周璇的歌"天涯呀，海角，觅呀觅知音……"

窗外是那一年第一场雪，南方的雪下得总是犹犹豫豫，夹着一些雨，落在地上便不见了。气势却很足，朝窗外看去，鹅毛大雪将整个城市装点如童话世界一般。

服务员将汤呈给食客时，用温软甜糯的上海普通话说道："腌笃鲜。"

一点点无伤大雅的可爱的小做作，很有腔调。

上海朋友说，腌笃鲜是上海的名菜，所有菜品唯它最为鲜美。不用说里面的食材，那汤已经鲜到让人掉了舌头。火腿肉是历经时间的咸香、五花肉酥烂可口却不失其形、笋虽有汤头的浸染，炖了十多个小时，纤维感却并没有失去，更将植物的鲜嫩保持下来，是威武不能屈的君子。

"笃"在这里好似音译，"笃"字读起来很有韵律感，是小火慢炖时，瓮里发出的声响。腌的火腿炖着精细的菜品——五花肉、鲜竹笋，用那文火细细炖来，只等香味和热气在瓮里缠绵，不得出来，在方寸之间纠缠，直至将所有的"绝技"都释放出来，方才作罢。那瓮里十多个小时的"笃"，是唱了一出"穆柯寨"，或是西湖水面上的"借伞"，不管如何，只关风月，是风情万种的圆满。

上海朋友认定它为上海名菜，吃人嘴软，自

然不能去争辩。

只是腌笃鲜的来历，我略知一二。

清代一等恪靖伯左宗棠也是一位地地道道的美食家，左宗棠鸡可谓是饮誉美食界，提到便可让人舌尖生津，欲罢不能。他便极爱这道"腌笃鲜"，将火腿、五花肉、冬笋、千张结汇于一瓮，小火慢煨，香味便慢慢渗透出来，五个时辰过去，这道菜便大成了。切不可用大火炖，那只会让食物发柴，且无法将自身香味释放出来，毁了一锅好汤。

虽然左宗棠爱极了这道美食，对人介绍时，却也只是说，这是一道湖南菜，并未说这是自己的研制，可谓是实事求是。

只是，若是这个传说是真的，左宗棠不知是有意还是无意，没有道出得到这道菜的经过。这里又牵扯到另一位清代牛人——胡雪岩。

是的，这道菜起源于徽州。

　　胡雪岩酷爱火腿，冬日里，家里必挂满火腿，那火腿在冬日的阳光下，真是一番极为夺目的风景，悠悠腊香更是令人无法拒绝。

　　那一日，左宗棠正好在徽州，信步于徽州山水，不觉闻香而来。胡雪岩闻知是这位一等人物前来，忙将火腿切下，备上其他数味食材，不放任何作料，小火缓缓炖来。这时间是等待美食的时间，也是两位绝顶聪明的人谈天论地的时间，等那一瓮美味熟了，红顶商人胡雪岩的事业也更进了一步。

　　左宗棠尝了赞不绝口，便问及菜名。答：腌炖鲜。

　　左宗棠是湖南人，炖字在湖南的发音接近笃，从他开始，这道江南美食便享誉全国，只是名字从腌炖鲜变成了腌笃鲜。"笃"则正暗合了炖菜时发出的声音，可谓歪打正着，一个很有声音感的菜名就这样产生了。

　　腌笃鲜经岁月的流转，追逐美食者的改良，

各地风情的浸染，慢慢变成各地的腌笃鲜。安徽的腊香味更重一些，湖南则中和一点，海派则甜香味夺目。从最初的众多配料转为只三味食材。腌笃鲜本来调理便极简，如此，演变得则更加简洁了……

腌笃鲜是哪里的特色美味？

嗯，腌笃鲜是江南风味！

西湖牛肉羹像《西游记》里镇元大仙的袖子，轻轻一揽，便将西湖的五光十色全部揽了进来，美不胜收。

⊗ 牛肉羹

　　去杭州的次数很多，风景倒是草草看过，虽是走马观花，却也留下不少照片，以供闲暇翻阅回味，却没有一次在杭州吃过一顿正餐，甚是遗憾。有人说过，在当地吃特产才是品味美食最妥帖的方式，若是置身于西湖美景当中吃着美食，那必是不同凡响的惬意。

　　杭州菜知名者众多，龙井虾仁、西湖醋鱼、宋嫂鱼羹、干炸响铃都是鼎鼎大名的菜，不管在什么样的筵席，这些菜都会拔得头筹、鹤立鸡群，只是这一切并没有吸引到我，倒是有一道菜是我想品尝、却未曾在当地品尝到的菜，那便是西湖牛肉羹。这道菜总让我想起一句唐诗来：山色空蒙雨亦奇。是一幅淡雅的水墨画。

　　虽没在杭州吃过，这道菜却常吃，每一次都让人忍不住，一口接一口，一碗接一碗地喝来，欲罢不能。

　　倒是不能太快，囫囵吞枣自是浪费了美食，吃这道菜更烫坏了喉咙，那样便是坏了大事。只能一口一口地慢慢品来，趁热喝，才能品出鲜香味的极致感。

　　若是用玻璃碗盛来，便可以看到"那幅画"的全景：

　　西湖边，蒙蒙细雨里，柳丝低垂，烟波十里，层层雾霭在空中飘荡着，将柳丝的那抹绿色漾滟开来，于是所有的景物都沾染上那抹绿色。那是西湖的春，不妖娆，却独有一份风情，在春波里荡漾着。来来往往的人，闲散于西湖各色桥梁上、湖堤旁、画舫里……散落在西湖各处。各人有了各人的景色，各人也有着各人的人生，是各自的主角，也是他人的配角。

西湖牛肉羹像《西游记》里镇元大仙的袖子，轻轻一揽，便将西湖的五光十色全部揽了进来，美不胜收。

江南人将羹和汤区分得非常清楚。汤是清水氽食材，而羹则是勾了芡的，西湖牛肉羹自是后者。将牛肉剁成末，用葱、姜、热油炒熟，炒香，加热水，煮开，打入打散的鸡蛋，嫩豆腐弄碎，蘑菇切丁，也一并倒入锅中，再用淀粉勾芡，加少许盐，最后出锅时，撒上香菜，这道菜便成了。

食材散落其中，香菜映衬其上，那勾芡后半明半暗，透明又不透明的感觉与西湖雨雾如出一辙。

据说西湖牛肉羹也不是浙江菜独有的，鲁菜、沪菜、闽菜、粤菜都有这道菜，却有着一些细腻的区别。

如此说来，我在全国各地吃的西湖牛肉羹都各有不同也没有什么奇怪，有些加了胡椒粉，有些则用酱油上了色，有些里面会放上一些瑶柱等海产品，各有各的滋味。只是我个人偏爱杭州菜馆里上来的那一大海碗的西湖牛肉羹，咸鲜可口，味道清淡，却又极具肉香和豆腐的味道，一口便让人回到了烟雨蒙蒙的清波门……依稀是有两个女子，在风雨中问船家是否愿意载自己一程，那男子探出头来，为那白衣女子撑伞……

《白蛇传》的故事一说再说，却怎么也看不厌。杭州将最美的景色全部留给了白娘娘，可见杭州人对她的偏爱。事实上，白娘娘并不是杭州人氏，如刨根究底，又是一段长长的故事，几天几夜也说不完。白娘娘就是在这些故事里慢慢有了形状，从最初的可怕变得温婉可人，成了贤妻，却独有凄凉的结果。听戏的人不乐意，最后留了一个光明的尾巴，只是故事一路演化，已不同于最初的样子了。

西湖牛肉羹也是如此，也是从别处传来的。

你可能无法相信，牛肉羹源自河南的胡辣汤。

那是一段历史悠长的北食南移。

南宋将都城建在了杭州，于是北方的食物不远万里，从北方渐渐传来。胡辣汤酸辣可口，又可饱腹，在北方可谓雄霸天下，一举夺魁。那辛辣味道是北方的花椒、大料以及醋酸等等调味而来，味道极重，在北客南迁的过程中，一并带到了江南。

那胡辣汤一路行来，江南的山水渐渐在胡辣汤的眼前展开了画卷，清丽的小溪、绵延的丘陵、青山绿草、亭台楼阁、温软细语、评弹越剧、胭脂水粉、灯红酒绿……那是不一样的天地，可是这一切并不能融入胡辣汤。

江南人口味清淡，如何能接受这辛辣的味道——偶尔一次，或是可以，但只是尝个新鲜，若是想成为江南人桌上的常客，那是需要一番思考的。

如何"生存"下来，是胡辣汤需要沉思的问题……

是的，入乡随俗，于是，原先那些辛辣味道全部摒弃，重新来过。加上江南的鲜香，一切似乎变了一个天地。

据说，最初的西湖牛肉羹是没有牛肉的，只是西湖羹，各家有各家的做法，只是最后都如胡辣汤一般勾了芡。食材倒是新鲜甜美的，调味品变得简单了，味道也纯粹了，豆腐、鸡蛋、淀粉则是第一批西湖羹的常客，有了它们，西湖牛肉羹便有了形状，这时，只等一味食材，画龙点睛地出现。

某一日，是某一个老饕吗？

那老饕见案板上的牛肉末极鲜亮诱人，于是想到，可否将这一味也加入羹汤中。得到大厨的应允后，便将那牛肉末炒熟，也置于羹中，一时间羹有了灵魂。众人喝了不由赞不绝口，西湖牛肉羹便这样形成了。

从胡辣汤到牛肉羹，这中间有多少改良和尝试，我们不得而知。

到了闽粤地界，西湖牛肉羹便有了新的食材放进去。汤羹便是这样，一处有一处的想法，一处有一处的添加，久了，便有了新的菜品，成了当地特有的美食。不得不说，多了花样和菜品，这也是食客们的益处。

在浙江馆子里喝饱了西湖牛肉羹，不由打了一个饱嗝，想着，若是有机会，从河南开始，从胡辣汤开始，一步一步喝着羹汤，走到江南，重走西湖牛肉羹的路，将会怎样？虽不知细节，却知必定一路艰辛，又一路风采。

可见，一样事物修行成了正果，总是艰辛的，又必一路有繁花相送。

白瓷的盘子中央，那块肉富贵至极，泰然处之，一副傲然于整个饭桌之上的架势。那是真正的富甲一方的坦然，不惧不惊，不藏不掖，是一种有底气的大气，让人诚服。

⊗ 东坡肉

诗人余光中先生生前曾说过："如果去流浪，不要和李白杜甫白居易，要同苏东坡一起。和苏东坡的流浪，那才是真正的快乐，苏东坡这个人太有意思了。"

余光中先生说这段话的时候，两眼放光，仿佛寻找到一块丢失已久的宝石，那是一种豁达而通透的快乐。

他和苏东坡一样，经历了时代的起起伏伏，有历经千帆后的天真——一种敦厚的天真。

有一年去海南，朋友驱车带我环岛旅游，一任兴致，漫无目的，随处停泊，享受美景或美食。

　　行至儋州，却见有苏东坡纪念馆，于是停下车来，细细感受一代文豪的经历，看着看着，禁不住跳着说道："太有意思了！这个人太有意思了！"

　　越了解苏东坡，越觉得他像一个顽童，思想深邃，行为却极为可爱。这种可爱源于对生活、对人世的热爱。

　　一千多年前的海南，不是蓝天白云，也不是椰树飘香，没有人把三亚当旅游胜地，也没有博鳌享誉世界。那个时候的海南还是一片蛮荒，蛇虫鼠蚁，瘴气肆意。而就是这样的地方却迎来了伟大而乐天的文豪——被流放的苏东坡先生。

　　从苏先生的文学作品可以看到，那段时间的他，并没有一丝一毫的颓丧，依然乐观豁达，并寻觅美食，苦思最合适的烹饪方法，以便供其享用。比如生蚝如何品尝味道最佳？在海南的日子里，生蚝是他的最爱。他记录自己的"研究成果"：

"剖之，得数升，肉与浆入与酒并煮，食之甚美，未始有也。"一道酒炖生蚝就这样横空出世了，那既有酒香又有海鲜肉香的美味，在之后的一千年里，令无数老饕为之倾倒。

苏先生在美味中返璞归真，活得纯粹、肆意且自然。

此时再想起余光中先生说的话，不由点头称是，和苏东坡在一起，大抵不会觉得无趣，至少在吃上是不会亏待自己的。

吃其实是热爱生活的一种方式。吃是一种热情，一种对生命的赠予最纯粹的火热。

苏先生的生活就是将这种热情演绎到了极致，令人向往……

最早知道苏先生发明的美食是东坡肉。最早知道东坡肉是在一部电视剧里。

是《铁齿铜牙纪晓岚》，故事中的纪先生要给皇帝呈上苏东坡的真迹，和珅料他拿不出来，一时悬念四起。没承想，当纪晓岚恭敬地端着宝贝走上金銮殿时，才发现竟然是一坛东坡肉。

果然是苏先生的真迹！

和珅一时哑然，不知该如何作答。

那是我第一次真切感受到了大文豪留给后人的美味。一种烟火气的俗，却透着屏幕看到了俗中的雅。那份东坡肉真的是油光四溢，隔着屏幕，都能闻到香味，是一种市井的温暖，这种温暖勾得人眼珠子都能掉下来，也不知咽了多少的口水。

一时间，不由自主地去问母亲，这东坡肉究竟是怎么做的？

母亲却答，东坡肉不就是红烧肉吗？

日后我很长时间都以为红烧肉便是东坡肉。

若干年后，我在某个品牌饭店的菜单里，看到了东坡肉这道菜，遂点来，才发现红烧肉和东坡肉真正是风马牛不相及的两道菜——当然材料是一样的，就连配料都是出奇的相同，只是结果却大相径庭……

中餐的奇妙就在这里！

点了端上来，才发现那肉早已酥烂，四方的块，红得透亮，颤巍巍的、油汪汪的，色如玛瑙，柔若轻绵，点缀着些许的汤汁，这便是正主儿了。店家上这道菜，倒是实在，没有任何事先铺垫，直接上来，每人一份，事先便已分好，直接摆在了食客的盘子旁边。只是这般，东坡肉便已大展风采，惊艳四座了。

白瓷的盘子中央，那块肉富贵至极，泰然处之，一副傲然于整个饭桌之上的架势。那是真正的富甲一方的坦然，不惧不惊，不藏不掖，是一种有底气的大气，让人诚服。东坡先生在海南，有人说："你是那个才情四溢的文豪啊。"他坦然一笑，不，如今只是一方食客。那种从容是无人能比的，才情是藏不住的，是自然的流露。东坡肉和他的主人如出一辙。

肉身之上有一根稻草系成十字状，原本以为，解开稻草便散了，没承想，解开稻草之后，却并不影响它的状态，再用筷子去夹它，如同切豆腐一般，轻巧地分开了，筷子倒是成了削铁如泥的宝物，却不见锋芒，是二者修炼到了极致之后的配合。

分开的东坡肉，内里颜色略淡，呈玫瑰红色，香气则更加浓郁了，观之，食欲大增，尝之，肥而不腻，酥香味美，更绝的是那一点点的汤汁，是就饭的好材料。拌饭后，惊得人合不拢嘴，不比正主儿差！

红烧肉制作简单，东坡肉如此华贵，制作起来却也没有复杂到哪儿去。

几乎每一个不会做饭的生手，做起东坡肉来，都不必担心会料理得一塌糊涂，不可收拾。稍微慢一些，便可游刃有余，可冒充为大厨。

肉是五花肉，调味也极简单，酱油、冰糖、盐等等。取一瓦罐，将下方铺上姜片，五花肉肉皮朝下放好，将调味品融于一处，讲究的则放点红枣，便可以放火上小火慢煨，半个时辰后开罐，那香味便已让人酥了半边身子，美食也可俘虏人心，让人俯首称臣。

读"明月几时有，把酒问青天……"只觉震住了心神，再读"十年生死两茫茫，不思量，自难忘……"更是黯淡了日月。东坡先生的锦心绣口，让人不由自主把心完全捧了出去，敬给那些诗文，才能慢慢缓了过来。

文能震撼人心，美食也不弱于文采，那东坡肉是苏东坡的第二支笔，一道美食品尝入腹，是另一种安慰，另一种感知。

因为东坡肉，再去查看他其他的美食，方知这一"吃货"，如何会只在猪肉身上动心思？东坡鱼，东坡豆腐都是极好的，只是东坡肉流传范围最广，更多的人知道罢了。

东坡先生一生在宦海沉沉浮浮，最终流放至海南，颠沛流离，却一生乐观豁达，荣辱不惊，正因如此，他才研制出如此多的美食，也许这些美食，在他蒙尘的岁月里，一直抚慰着他的心，让他温暖地行走在瘴气横行的世界里。

若是如此，这便是人生最好的回馈吧。

锅里热气缓缓地升腾，咕咕冒泡，香气从白菜传递而上，经层层食材的熏染，袅袅娜娜，到了食客的鼻腔，已经无法用言语描述了。

⊗ 一品锅

　　徽州人经商，常年离家，于他乡颠沛流离。

　　山高路远，那时交通也不便利，下了扬州或是去了上海，远行苏杭，繁华之地走了一趟，回来便已过了一年，或是更久。发达的人势必满脸荣光，不发达者或颓态尽显，或是决定卧薪尝胆，试图东山再起。

　　家则是温暖的，是一种守候。徽州女人苦苦等候于青砖黛瓦、烟雨蒙蒙之中。那一日分开，早已留下一份承诺给了夫君，或是一件首饰，或是一句情诗，愿男人勿忘自己，早日返乡。荣华富贵，没人不想，只是得到之人并不多，只要人回来，一切便是晴天。

走进徽州的深宅大院内，便看到圆桌一分为二。一半置于堂屋一旁，靠墙摆着；一半拿来平时吃饭，生活起居。导游带着几分俏皮，让人猜其中意味。不等众人答上来，又缓缓用甜润的、带着徽州腔的普通话说道："这便是'团圆桌'，只能等待男人回来才能合二为一。那时方才是一个圆形，一家人才得以团圆，吃'团圆饭'，平时则只能用半边的桌子……"

徽州女人便是这样苦苦等着。

其实江南很多菜品或是点心都有这样那样的寓意，吃饺子便是吃元宝；吃卤凤爪，也不忘了说一句，这是要抓钱的；乾隆在南方得来一道茶后，总是泡给大臣们喝，意在告诫臣子要克己奉公，那便是岁寒三友——松竹梅。

如果说象征，徽州有一道菜不可不说，便是"一品锅"。

取一口大小适中的锅来，大了便不雅致，显

得主人家蠢笨，小了，则菜品不能铺开，失去了一品锅的韵味。

将菜一层层地叠上去，最下面是白菜打底，有了水分，锅怎么烧也不会粘到一起。白菜便是百财，如此埋在下面，倒是好的寓意和兆头；再上来是粉丝，粉丝长长不断，寓意长命百岁；再上面是蛋饺——用鸡蛋铺成薄皮，里面是鲜肉，蛋饺为黄色，再配上白色的鹌鹑蛋，二者交相辉映，便是金银元宝，富贵锅中来；再来便是黄花菜，极为漂亮的花骨朵，过了热水，晒干，黄绿交汇，像玉雕琢而成，搭配着卤好的鸡胗、猪肚、肥肠上场了，此一层黄花菜似乎成了主角，堪堪将味蕾吸了去，最后便是鸡肉或是卤好的猪头高高顶在上面。

整个锅垒得像一个宝塔，最后一块肉食如同极完美地在塔顶上放了一颗珍珠，很是诱人，又极好地收了尾巴。此时再浇上熬制许久的鸡汤，汤已熬到骨头都化在了汤汁里，浓稠如同牛奶一般。经鸡汤的滋润，所有的食材仿佛突然有了活力，是沉闷已久的江南天气，度过连月的阴雨，突然有了明媚的阳光，照得人心头一亮，扫去了积淀已久的雾霭。

如此这般，"一品锅"算是有了规模，再用炭火慢慢煨上，炭火须不见明火，只是那点点的红碳将锅煨透了。锅里热气缓缓地升腾，咕咕冒泡，香气从白菜传递而上，经层层食材的熏染，袅袅娜娜，到了食客的鼻腔，已经无法用言语描述了。

那菜品也并不固定，丰俭由人，量力而行，而口味也是各家有各家的风味，别处吃不到，那是锁住家人的一份牵挂。

一品锅各家味道独特，形式却统一，都是一个文化的根源，形散而神不散，流传至今。

在他乡和朋友聊起这道菜时，总是止不住眉飞色舞，这是一道团圆菜，是过年时候徽州人的重头戏。年关时分，吃到这道菜便指的是，久别在外的人都回来了，一家人的脸上都洋溢着幸福的笑容。

"爆竹声中一岁除，春风送暖入屠苏"，这道菜便是人间烟火、灶头香气、家庭的温馨。朋友倒不以为然："这与福建名菜'佛跳墙'又有什么本质区别？"答："非也非也，'坛启荤香飘四邻，佛闻弃禅跳墙来'，佛跳墙当然也是极好的，食材在瓮里炖来，早已酥烂，其中滋味精华都混在一起，你中有我，我中有你，万种风情都在这一锅汤内，成了一个整体。'一品锅'则不然，虽是炖在一起，但吃起来，依然是每个有每个的味道，单个的特色极为明显，好似一家人，聚在一起便是家，分开则各自为政在一方天地打拼，拥有着自己独特的个性，如此才有了竞争的实力，才能将家乡、将那些心尖上的人暂时放下，好好地打下一方基业来。"

友人听了，似恍然大悟，不再争辩，只是说道："这正如两地文化，福建人宗族观念很是明晰，即便当年去美国，却依然以姓氏为单位聚集在了一起，再以老乡为单位，扩大开来，便有了唐人街。在他乡开枝散叶，他乡便是故乡，带着的是家乡的魂魄。而徽州人自古便在外经商，在异地便是一人去打拼，做出特色来，赚了钱，才叶落归根，带着钱财回来买地建房。他们会在节日里，暂时卸下疲惫，放下工作，回到家中，寻找一时的安抚，一家人团聚，享受那一份幸福与安宁。那个时候，将圆桌拼到一起，看着天井上方的圆月，吃着一品锅，一切都是那么的圆满而美好，便觉在外再苦再累都是值得的。"

"一品锅"全称为"胡氏一品锅"，真和那位大文豪有关。据传，胡适任北大校长时，见绩溪的女婿梁实秋先生到来，便用"一品锅"招待他。梁实秋每每都赞不绝口："一品锅，三五七层花色多，品其味，离桌不离锅。"一家人吃得其乐融融，在"一品锅"里拥抱，分不开了。

只是，这道菜的起源，却并不是自胡适而起的。

相传，有一次，明代皇帝突然驾临石台县，"四部尚书"毕锵接待。席上除其他菜品，还有一道徽州火锅。吃遍山珍海味的皇帝，对其他菜品不置可否，却对那道徽州火锅赞不绝口，问及厨子是谁？毕锵答："是贱内。"毕锵为一品大员，皇帝笑称："原来是一品诰命夫人之作。"于是赐名为"一品锅"！

岁月更迭，一切都不可考了。也不知故事是真实的，还是徽州人一次随意的玩笑，已经不重要的。数百年里，徽州人将其视为团圆的象征，其中的深意便完全改变了，那汤里的滋味便是浓浓的乡愁，飘散在空气里，成了他乡游子的一份眷念，挥散不去。

江南文化以内敛著称，『犬子』『贱内』

『糟糠』，没有一样不是谦虚的，藏拙的。

只是这道菜却张扬得很，外形看上去，丝

毫没有想过要掩饰什么，一上来便摆出『大

杀四方』的劲头，味道则更是如此，不躲

不藏，挑衅到了极致……

⊗ 狮子头

第一次听到这个名字，是在一部武侠电视剧。

潘迎紫主演的《神州侠侣》，男主的母亲被人救下，送到山里。每日，暗恋男主的女孩都会长途跋涉，从住处做好饭菜送来给她吃。一日，便为她做了狮子头补身子。

在山洞里，那女孩温柔地说道："伯母，这是我亲手给你做的狮子头。"男主母亲听了这话，便问狮子头为何物。女孩活泼一笑："尝一尝便知？"男主母亲正欲品尝，突听山洞外有声音传来："深山之中，竟有人做如此考究的一道菜，真是意外。"

未见其人便先闻其声，从凤姐开始，便叫人

屡试不爽，用得快烂了。只是我看的时候，却未免心头一紧，腥风血雨即将上演……

其实我不太关心他们最终的结果，倒是可惜了仇人口中提及的这道考究的菜品，就这么毁了。

"狮子头"三个字让人不由咽了口口水，憎恶坏人来得不是时候。那时候的电视画质很差，别说是狮子头看不清楚，男主母亲的人头我都没有办法分辨清晰，只能看着电视里不同色块，主动臆想这份美食的形象，遗憾不已。

这种遗憾，让我惆怅了好多年。

直到有一年吃农村的筵席，一道红烧狮子头端了上来。这才发现那道菜竟是用四五个硕大的肉丸子红烧出来的，堆了起来，勾了芡，上面油亮亮的，很是喜气。在嘈杂的筵席环境里，一下子夺去了我的目光。我赶忙用勺做刀，颤巍巍地从垒高的菜品最上面的肉丸上切下一小块，里面是淡粉色的肉，筵席四周扑鼻的酒味将菜香全部遮盖了过去，却丝毫没有掩盖住这道菜的美味——那顿筵席的厨师显然并不擅长这道菜，做得并不地道，但依然惊艳四方，举箸叹服。

如此便与这道菜见了第一面。

只是好奇为何肉丸子要被称为狮子头。

看着简单，味道又极美，不由让人蠢蠢欲动，想小试牛刀，亲自做一做。肉丸子先炸后煮，形倒是有些像筵席上那个样子，味道却相去甚远，只能以失败告终——有些对不起为这道菜献身的、与我未曾谋面的猪……

一直到了去扬州旅行，真正吃上了红烧狮子头，才发现这是一道色香味俱全的美食。狮子头外形为大而圆的肉丸，红烧后，油亮亮的。用筷子分开，香味扑鼻而来，已经经人眼鼻传递，穿喉而入，极为准确地捕捉到了食欲，让人欲罢不能。再送到嘴里，只觉得软、糯、香、鲜、嫩，味蕾在口中炸裂开来，平生，一味肉丸足矣。扬州的狮子头里面和了蟹粉，蟹的甜香与肉巧妙融合，更是石破天惊。江南文化以内敛著称，"犬子""贱内""糟糠"，没有一样不是谦虚的，藏拙的。只是这道菜却张扬得很，外形看上去，丝毫没有想过要掩饰什么，一上来便摆出"大杀四方"的劲头，味道则更是如此，不躲不藏，挑衅到了极致……

细细品味，似乎在肉香之余，还有一些清香。友人忙解释道："那是藕切碎，拌入肥肉丁，在肉香软糯之余，添了一份清脆的口感，中和之后，更凸显肉香。"

随后朋友介绍，此菜名为狮子头，意为形态似狮子的脑袋。

将盘子里余下完整的"狮子头"捧了过来，左看右看上看下看，却始终没有感觉到它哪里像一个狮子的脑袋。不好意思去和友人辩驳，只能在心里默默说服自己，人家的确是像，只是榆木脑袋的人哪里能懂得此间艺术的奥妙……

因为形而得名，在江南的菜品中并不稀奇。松鼠鳜鱼，考验的是刀工，切得仔细，鱼在热油中炸酥，形如松鼠，跃然盘中。鳜鱼脱了胎，在松鼠的形上还了魂，淋上番茄汁，只听"吱——"一声轻响，正如松鼠的叫声，于是便有了松鼠鳜鱼的美名。再看菊花鸭肫，也极考验刀工，鸭肫切好，在热油中爆炒，最终形如菊花。

到了素食店，更是如此了。素鸭便是鸭的样儿，素肉便是肉的色泽，香肠更是和肉肠口感形状相近，可以假乱真，无法分别，只能叹服厨师高妙的手法。

只是狮子头实在不像狮子，倒是狮子头的美味为它争了口气，征服了味蕾，哪里还能想那么多。

狮子头清蒸、煮汤、红烧均可，味道皆鲜美浓郁，让人欲罢不能。

江南才子众多，不少人写物叙事，爱先抑后扬。起初贬到极点，之后绚烂夺目，一鸣惊人。

想到这里，突然惊觉，这道狮子头是否也是如此，说它像狮子头，怕是厨师一时的玩笑——

许是几百年前，厨师突发奇想，做了一道红烧肉丸，原本打算叫圆满或是万福，后又觉得不好，如此一来，俗了，一眼便让人看尽了，哑然失笑。江南园林也喜移步换景，在门口竖一块大石头或是照壁，让人不能期待。如此看着门前的石狮子想道：何物有狮子脑袋威风，于是嬉笑间给了菜品一个名字——狮子头。

若是你觉得不像，那有何关系，总是要举箸，此菜夺人姿色，又内里乾坤，自然在你品尝第一口时，如狮子一般征服了你。如此，还能记不住狮子头这独特的三个字？如此，又有谁能记得它并不像狮子脑袋的小错讹？

我胡乱揣测，未免有些小人之心度狮子头之腹了。

只是，美味当前，胡言乱语，也是可以理解的。

这也许就是美味的杀伤力吧。

等有客人来时，小贩便会拿出一个泥包，湿泥已经放在烤炉里烤得焦干，此时便用榔头敲碎，里面是荷叶包好的鸡。此刻便已经闻到了香味，香味闷在泥土之中，此刻全方位地释放出来，那种释放香味的方式真正是有多大力便使出多大力来。

⊗ 叫花鸡

少时，看电视，极迷1983版《射雕英雄传》。

那时是黑白电视，屏幕小，色彩单调，画质更是不好，但依然会记住俏丽可爱的黄蓉，当然也不会忘记她做的那一道道好菜。什么"玉笛谁家听落梅"，还有"二十四桥明月夜"，都是极其迷人的。听这菜名却根本不知道内里是什么，更不知是何滋味，只能去幻想着，揣测着，在心里把一道道菜演变成一本本谍战小说。

有一道菜，却是直接而勾人魂魄，便是叫花鸡。

长大之后，口袋宽裕了，遂迫不及待买来高清版的《射雕英雄传》的影碟来看。只是，实在是拍摄年月太久，依然看不清楚那些细节，叫花鸡还是模糊一片。只能看到洪七公捧着那只金黄油亮的鸡吃得津津有味，满嘴流油，甚是羡慕。

对于我而言，叫花鸡的最初记忆便是来自这里。

二十世纪九十年代，如果你去江南，几乎在任何一个城市都能看到叫花鸡的身影，一个小推车便推着鼎鼎大名的江南风味过街串巷，留下一声声长而久远的吆喝声在小巷内回荡。

那些手推的小车上挂着的招牌，上面必定有洪七公和黄蓉的剧照，一边一个，中间用红色大字写上"叫花鸡"，可见那部电视剧当时风靡的程度。

只是电视剧不但看不清叫花鸡的形状，还没有说清楚这道菜的做法。后来看了原著，倒是发现小说写得清清楚楚：黄蓉买了一只鸡，也不拔毛，直接用峨眉刺将腹部划开，掏除内脏，再装上各色香料，将鸡合上，用针扎起来封口，外面再用河塘里的泥土包起来，架火上烤至泥土全部干裂，烤透了，再将泥土剥落，那些鸡毛便顺着泥土全部拔去，留下白生生的鸡肉，软烂可口，香气扑鼻，惹人垂涎三尺，勾得肚里馋虫再也不安分了，撕开大嚼……

说实话，看到书中的描述，我却并不是很能感受到那份美味，只觉得腌臜。少时的教育，只能让人厌弃烧烤的做法，那泥塘的泥更是如何能和食物粘在一起，还有没有拔毛的鸡如何能干净得起来，没有拔毛势必没有洗净，更是无法入口，总之并没有太多的食欲。

有几年在海南海口谋生，倒是吃到了荷叶鸡。

离住处不远的菜市场外，一个小摊上，卖家是江南人，是个妇人，很是爽利，小摊子也收拾得极为干净。有炉子，是封着的，只留余火，一个大而敞的盆置在火上，里面是温水，煨着一只白铁的锅，锅里竖着码得整整齐齐的荷叶鸡。荷叶还在，包裹着鸡，倒栽葱一般竖立着，上面是鸡脚。

那鸡呈淡黄色，散发着诱人的光泽，香味更是飘荡到很远——像凤姐儿的笑声，还没看到摊点，便已经被那股肉香夹杂着一丝荷叶香味所震慑住，如黛玉一般，暗暗纳罕，这是哪里来的香味，竟如此张扬……

那家摊点很是有些名气，总是在下午三四点出来，等到了五六点，便已经卖空了。海南文昌鸡大名鼎鼎，能在别人的地盘卖得如此红火，定有它的不凡。

只是，惊艳到我的却不是那鸡肉。

因其香味，如何能错过，我第一次便买了一只鸡，切开，真是骨肉分离，早已酥烂入骨，却又不失肉的风味，那肉也极嫩滑，的确好吃，但算不得惊艳，直到吃到鸡脚——起初并不在意，只当是一道菜最后一个句号，是一曲交响乐最后一点尾声，入口却突然惊艳了起来，味蕾仿佛被什么打开，真是美味，浓烈的香气和黏连软糯的口感以及里面筋络的 Q 弹，舌头的味觉和牙齿的触觉完美融合，原来那些鸡肉只是陪衬，真正的主角是这鸡脚。

好在那家也单卖鸡脚，次日便一饱口福，吃得满手满脸都是油腻。那一顿晚餐也吃得精彩绝伦，堪比满汉全席，至今无法忘怀……

如此说来，又想到在江南吃的叫花鸡，也是有荷叶的。

那鸡是开膛破肚拔毛洗净，腌制入味，再用荷叶包好，用泥封了……

等有客人来时，小贩便会拿出一个泥包，湿泥已经放在烤炉里烤得焦干，此时便用榔头敲碎，里面是荷叶包好的鸡。此刻便已经闻到了香味，香味闷在泥土之中，此刻全方位地释放出来，那种释放香味的方式真正是有多大力便使出多大力来。

打开荷叶，便是正主出现——这便是鼎鼎大名的叫花鸡了。

叫花鸡顾名思义便是叫花子偷来了鸡，又不便于烹饪，无所技巧，厨具配料一切皆无，叫花子们又急不可待，便用泥裹了，煮熟便罢。

我并没有去探寻究竟哪一种制作方法更符合叫花鸡的做法，或许是小说里写的那般，叫花子本就不会把卫生放在首位，倒也不足为奇，只是我并未尝过那样制作的叫花鸡。

用荷叶包好，再用泥封上的叫花鸡，并没有让我惊艳，一是鸡肉有些柴，二是不知是何时出炉的，竟有些凉，并不好吃。不由便想起在海口吃的荷叶鸡，那荷叶鸡也算是叫花鸡的变种，是地地道道的江南美味。

在一水之隔的海南岛上尝到的美味，是远嫁他乡的女子带来的江南余韵，久久不能散开。那一日，郭靖在水上看见了换了女装的蓉儿，一时惊讶，世间竟有如此美丽的女子，沉醉不已。许多年过后，蓉儿陪着靖哥哥去了大漠，去了塞北，再回到襄阳死守，但那个江南女子不管在哪里，见到她的人都暗暗惊叹，原来世上竟真有如此的美人。

江南的魅力便在这里。

如此将炸好的锅巴放在盆中摆好，端上桌。将那汤也端上来，在众食客面前，倒进锅巴里，只听『滋啦』一声轻响，如同春天里第一声雷，让人精神一振。

⊗ 惊春雷

徽州有一道菜，与声音有关，名字叫"平地一声惊春雷"，这道菜听着，便有一份清雅的田园风味。

这道菜的主要食材是锅巴。

在农村，总是用大灶台做饭，柴火烧铁锅，炉膛火烧得旺旺的，大铁锅里煮的便是农家米饭。不用加任何菜和作料，只那饭香，便可以诱得人吃三大碗。

米饭盛出来，紧贴在锅底的，是一层厚厚的锅巴，直接吃便已香透。一些农人还会将锅巴铲下来，翻个个儿，用大火烤，直到水分蒸发殆尽，两面焦黄，香味扑鼻，也便于保存。

"平地一声惊春雷"用的则是糯米煮的饭锅巴，将那锅巴烤干后，再用油炸，炸酥了，沥干了油，便可作为这道菜的食材备用了。此时的锅巴已经香酥如虾片一般，且少了一分虾片的油腻，多了一分米香，很有嚼头。

再去做这道菜的浇头。

这道菜虽是名菜，在江南可谓声名远播，但各家制作浇头的方法却是不同的，味道也略有区别。江南人在饮食上极为苛刻，却又在可控范围内，极为放宽，好像只要是好吃，便已达到了他们的需求。

其实也不尽然，这道菜还是要保留其鲜香，味道自然不能刺激，要柔和、温暖。

大抵几样食材是不会变的，用瘦肉、鸡蛋、蘑菇、木耳煮成汤，淀粉勾一层薄薄的芡，便已足矣。讲究一些的则会加一些皮肚，或是牛百叶、鸭血、虾仁，有些更考究的店，也不会忘记加一些高档食材，鲍鱼、海参、鱼翅等等，价格自然也就上去了。说这么多，只是说这道菜没有那么多刻意的要求，随意尽兴便可，只要那汤汁是极热的便可。

如此将炸好的锅巴放在盆中摆好，端上桌。将那汤也端上来，在众食客面前，倒进锅巴里，只听"滋啦"一声轻响，如同春天里第一声雷，让人精神一振。可见中国人对美食的要求是全方位的，嗅觉、视觉、味觉均要到达，还不能缺了那一声"滋啦"，犒劳犒劳自己的耳朵，如此方才是圆满。

事实上，到此这道菜的目的已经达到一大半了，剩下的便没有那么重要了。这道菜上桌，一般只是为了助兴，酒过三巡，大家都有些疲乏。这道菜上来，那"滋啦"一声，热气一散开，食客们精神也为之一振，便可再喝几盅。那时早已酒足饭饱，吃，倒是不在意了。

若是真的吃，这道菜须趁着锅巴还没有完全化了的时候吃，才有滋味。

极咸鲜的汤汁浇在干燥的锅巴上，锅巴立即吸饱了汤汁，于是有了滋味，此时并未少了酥脆感，介于酥脆与汤汁浸染后的柔软之间，口感极好，肉的细嫩，木耳的脆爽，鸡蛋的绵密，蘑菇的鲜香，都是极好的，此时没有配角，都是主角，锅巴只是提供了一个平台，供它们展示自己的风味和个性。

据说，这道菜与乾隆有关。

江南的传说很多都与乾隆有关，大抵都是假的，乾隆六次下江南为江南做了极好的广告。只要是用了"乾隆"二字，便宣传开了，极好用。

那故事是这样写的，说是乾隆微服私访，走进一户农家，以重金请农人为自己准备一顿饭菜。农人掂了掂沉甸甸的银子，一时傻了眼，家中无羊物，如何招待这富贵公子。别人的嘱托和信任对于他人或许也是压力。

于是夫妻二人绞尽脑汁，想尽办法，为令他人满意。妻子看到锅巴，便想到这一绝佳的办法。

当汤汁"滋啦"浇下来时，乾隆吓了一跳，随后惊喜万分，顿时胃口大开，再吃那菜，更是赞叹，笑道："这一声响真可谓'平地一声惊春雷'啊。"于是这道菜便有了名字。

一个漏洞百出的故事，倒是给这道不入流的菜抬高了身价，使其在徽州大受欢迎，很多食客点来，也只是为那一声"雷"罢了。

这使我想到了苏州的一道菜——松鼠鳜鱼。

又是一道与乾隆有关的菜，但这个传说似乎有史料可循。

这是一道极考验大厨刀工的菜，为苏帮菜中色香味兼具的代表之作。厨师将鱼除骨，在鱼肉上切花刀，加调味料稍腌后，拖上蛋黄糊，入热油锅炸至成熟后，鳜鱼在油锅里定了型，像一只松鼠，跃于盘中。

厨师再熬上糖醋卤汁，等那松鼠鳜鱼上桌之后，当着食客面，将那滚烫的卤汁浇了上去，发出"滋滋"的声响，好似松鼠的叫声。据说，乾隆拍案叫绝，如此色香声俱绝的菜品如何不让人兴奋。再去尝它，外脆里嫩，食客点头称赞，这道菜也因此名扬江浙。

有一年，在北方，想给朋友做一顿"惊春雷"。一切准备就绪，那锅巴也已呈于桌上，我便去厨房里一顿操作猛如虎，随后，手里捧着热汤从厨房走了出来，献宝一般，倒在锅巴上。一声"滋啦"，让朋友们赞叹不已，随即"咔咔"声传来，更是让一众"观众"惊呼，那汤汁便"呼啦啦"流得满桌子都是。细细看过去，才知，盘子受不了热，早已四分五裂，不只是毁了那道菜，整桌的菜也就此毁了。

罢了罢了，也别再收拾了。忍不住将围裙摘下，扔在一边，带着众朋友去附近餐馆吃饭去了。

取新鲜的猪蹄髈和腌制入味的火腿

瘦肉来，洗净，放在一个锅里，炖到骨

酥肉烂，焖在一起，你中有我，我中有你，

这道菜便算着大成了，揭盖时，雾气氤氲，

满室都是咸香……

⊗ 金银蹄

有些经典的菜品，其实烹饪并不复杂。

有一段时间在某网络平台上经常出现那句台词："好的食材往往只需要简单的烹饪。"一点也没有错，好的羊肉烤出来味道最浓郁，清水煮活鱼，那股甜鲜才得以完美地保存下来。复杂了，反而没有了食材本身的味道，喧宾夺主，自是可惜。

江南的大厨们对于这一点，更是恪守严谨。金银蹄应算是一道功夫菜，却把这一点体现得淋漓尽致，守得牢牢的。这道菜的调味，除了盐，几乎没有其他了。

取新鲜的猪蹄髈和腌制入味的火腿瘦肉来，洗净，放在一个锅里，炖到骨酥肉烂，焖在一起，你中有我，我中有你，这道菜便算着大成了，揭盖时，雾气氤氲，满室都是咸香……

金银蹄说直接一些便是"火腿炖蹄髈"。

最初知道这道菜，是在南京。听南京的朋友说，这是一道经典的淮扬菜，食之，任何炖菜都黯然失色，然后告知这道菜的原材料。听过之后，窃以为会有些油腻，等菜品上来，亲尝了之后才发觉，汤鲜而不腻，肉酥而不烂，两种肉质融合在了一起，火腿片更觉紧实，嚼劲十足，那蹄髈也更加顺滑，鲜香入口。后来去了上海，又吃到这道菜，一个本地朋友却告诉我，这是沪菜的代表作品，执意要我好好尝尝。一样菜两地均觉是代表之作，我倒也没有觉得意外。两处对比，都有一些辅料如香菇、竹笋等，但均作配，烘托主菜更有雄霸天下之势，只是觉得上海的金银蹄略甜了一些，怕是厨师在烹饪时放了一些糖，附和上海人嗜甜的口感，算起来，则更喜欢在南京吃的金银蹄。

金银蹄并没有想象的那么油腻，汤为奶白色，因有火腿的咸香，中和了一部分油腻，再加上辅料里的香菇、竹笋等食材，因此油腻感也降低了不少。上桌时，早有大厨为食客舀去了上面的油层，只剩下下面的汤汁，熬得浓浓的，热气腾腾，因此风味浓郁。里面的蹄髈更是呈一大块，厨师并没有将其改刀为小块，却因慢火炖了良久，甜烂入味，暖人肺腑。

《红楼梦》也提及这道菜，凤姐、琏二爷与嬷嬷一同用餐。凤姐怕老嬷嬷不能吃太过坚硬的东西，便想到那厨房里还有一些"火腿炖肘子"，于是命平儿安排小丫头拿来给嬷嬷用。嬷嬷吃了，甜烂得宜，入口即化，甚是受用。

读到这一段的时候，正好是深夜，只觉得肚子咕咕直叫。那时候上学，肚子里本就没有什么油水，看到这样一道全荤的美食，顿时便再也看不下去了。想到床头柜里还有小鸡炖蘑菇口味的方便面，赶忙拿出来冲泡。在饥饿的状态下，竟然有几分觉得吃的便是书中的美食，遂狼吞虎咽。

很长一段时间都以为火腿便是火腿肠。在学校吃食堂，大师傅炒的青菜炒火腿，便是切片的火腿肠和着青菜炒来，红润的薄片与青菜在盘子里相互依偎，很是映衬，吃的时候也觉得爽口非常。后来才知道，火腿竟是腌制的猪肘子，一时汗颜，枉为在江南出生的人，离著名火腿品牌产地金华也只百里之遥，竟然一点都不知道。真是读万卷书，行万里路，吃万次美食，方才是真正的学问。

火腿前生也是猪蹄髈，在手工艺人手中焕发新生，岁月会将一种新鲜转为另一种新鲜——是崭新的食材，鲜美的味道。猪蹄髈通过盐的发酵，等过了两三年的光景之后，重新回到后厨，便已身价翻倍。切开火腿，那肉已呈暗红色，比鲜肉更为艳丽，虽失了水分，看着却一点也不干瘪。旧时人称好看的玉石为鱼脑冻，我却觉得叫火腿冻更为合适，丰富的颜色加上油顺的切面，无论是谁，都会为之惊叹的。一旁新鲜的猪蹄髈看了，也只能讶异，相见不相识，笑问火腿何处来？

金银蹄这一名字的由来，也是因为猪蹄髈肉煮出来是白色，而表皮却是金色，虽然有些牵强，但却是讨了一个好彩头，因此在江南人眼中，每逢喜事儿这道菜便是不可或缺的。

少时，在老家，也有一道类似的菜，也是农人办喜事儿必须要上的一道菜，只是做法有些区别，相比金银蹄而言，更是简单。没有了火腿，这道菜的主角，只有蹄髈。

将蹄髈整个炖了，炖得入口即化，不加盐只撒上糖，让它自然融化，没有点缀，没有辅料，只是蹄髈炖至熟烂，便可上桌了。好的厨师能将蹄髈炖到食而无形，盛在盘子当中却完好无损。看上去不好撕扯来吃，但用筷子插进去，却丝毫不用力气便穿透了。这是一道甜食，意味着生活和和美美，甜甜蜜蜜，倒是好彩头。只是这道菜是那时筵席的压轴菜，前面客人们已吃了那么多的大鱼大肉，如何还能吃得下如此甜腻且如此实惠的食物？只能望而兴叹。不少筵席上的这道菜，等客人离开后，依然纹丝不动，可见真的只是一个好彩头，留了那一份吉祥的意味，有点像江南人过年，总要煎一条完整的鱼上桌，却不吃，算是年年有余，也是好彩头。

母亲有时候会叹息，好好的蹄髈，却用糖来烧，没有人吃，白白糟蹋了。

有一年，母亲去吃筵席，将那蹄髈带了回来，次日，用酱油、盐重新烹饪了一番，端上桌来，蹄髈早已没有了完整性，里面的瘦肉全部摊在了盘子里，油亮亮的，肉香扑鼻，看了，让人食欲大振。

前一日无人问津的宴席菜，次日变成了令人垂涎的家常菜，从曲高和寡一下子降为下里巴人。

倒也不错，没有辜负美食，至少那一日，我多吃了两碗白米饭。

而桂花鸭之所以叫桂花鸭，实质是农历八月，鸭子肥美，此刻做出来的盐水鸭，丰乳肥臀，前凸后翘，香料浸染之后，透着一股淡淡如桂花的甜香，所以才得桂花鸭的美誉。

⊗ **桂花鸭**

江南人家一般临水而居，水是财气。

在古徽州，一般人家的天井里都会放上一个造型精美的石缸。每逢下雨，天井屋檐下，雨水归于一处，最终蓄在石缸中，这叫"肥水不流外人田"。

所以临水便是临财，有水的房子，便是活的，是春江水暖的复苏，更是竹外桃花三两枝的喜悦。

鸭，在江南是常见的家禽，银灰色的羽毛，夹杂一些褐色纹理的点缀。不管多冷的天，都可以游弋水中，却雨水不沾身，全身如同涂抹了一层油光，很是漂亮。鸭是砚台里的那一块研磨的方石，将整个河水都捻活了。

记忆中，农家的家禽一般极少宰来食用，只是等着下蛋、吃蛋。逢年过节，或是来了贵宾，才会宰一只来吃，很是金贵。

　　中国最著名的烹饪鸭子的方法是北京烤鸭，与之平分秋色的，便是金陵的桂花鸭。据说，北京烤鸭也是从南京烤鸭演变过去的，南京烤鸭汤肉不分，味道与北京烤鸭已是天壤之别。

　　只是第一次吃桂花鸭，对它的印象并不好。

　　那一日，刚放学，在书房做着作业，却听堂屋里有说话声，是父亲从南京出差回来。我匆匆从书房出来，来到客厅，看父亲献宝似的从箱子里取出礼物来，这一次看到的是一整只桂花鸭，馋得人直咽口水，哪里还有心思重新回到书桌前，只等着开饭，好亲尝这从六朝古都带回来的鲜美食物。

　　当晚便切来，就着饭同食。

　　却是失望至极，鸭肉外面裹着一层厚厚的油

叁·江南盛宴

脂和汤水凝结物，看上去油腻腻的。尝到口中，肉与骨头早已经分离，没有了肉的嚼劲，肉失了本身的香味，不知道自己在吃什么。入口极咸，占据了所有的味蕾，口腔里根本品不出来任何香味，只是觉得咸咸咸……口干舌燥，不得不站起来找水喝。

桂花鸭就此在我心里进了黑榜，在南京定居了很久，满大街都是卖桂花鸭的，我也没有心情再去亲尝一下。

一直以为盐水鸭便是桂花鸭，至于为什么叫桂花鸭，还不是因为文人骚客故意用这个法子，将一件极普通的物件变得极不寻常，这就是包装的功力。后来才知道，事实并非如此，并不是所有的盐水鸭都叫桂花鸭。就好像并不是所有的罗非鱼都叫福寿鱼似的，只有过了一斤重的罗非鱼才叫福寿鱼。而桂花鸭之所以叫桂花鸭，实质是农历八月，鸭子肥美，此刻做出来的盐水鸭，丰乳肥臀，前凸后翘，香料浸染之后，透着一股淡淡如桂花的甜香，所以才得桂花鸭的美誉。

若干年后，我离开了南京。

眷念过菊花脑，眷念过芦蒿，眷念过活珠子，也眷念过酸菜鱼、毛血旺，独没有眷念桂花鸭。

几年前，和朋友在南京会面。

在狮子桥边一家百年老店里，朋友执意要点桂花鸭来吃。我未加阻拦，本来便是冷盘，也不介意多这一道自己不爱吃的菜，万一朋友喜欢吃呢？他对一些甜的腻的，倒是极有兴味。

桂花鸭端了上来，却让我极为意外，很是工整的切工、摆盘，像雕琢出来的玛瑙石一般，在灯光下，肉色清淡，竟微微有一些乳白色，仔细看，才看出从乳白里透着一抹淡淡的胭脂红来，粉粉的，好似少女脸上的胭脂，散发出极其柔韧的光泽。

还没有送到嘴里，却悠悠闻到一股清甜的桂

花香，那种香味若有若无地，极其清淡，却又极为好闻。送入口中，整个口腔味蕾都被它化掉了，肉弹性十足，没有了鸭子的膻味，极鲜，咸淡合适，又将那一份油腻感冲淡了，肉便肥而不腻，取其精华，并将其放大。那抹桂花的甜香一直在，适可而止又时时萦绕，如一首交响乐里的钢琴声，贯穿始终，直到乐曲结束了，依然余韵犹存……

我叹服，恨不得立刻为桂花鸭正名，原来正宗的味道是这样的。有点儿像一直误以某个美女为丑，某一日突然惊揭庐山，美艳不可方物，对它深深愧疚起来。

我把这个经历告诉了朋友。

朋友笑道："怪不得你吃了第一块的时候，嘴巴都合不拢了。"

其实很多食物都是如此，当年那个并不是不正宗，只是经过了包装，加了一些防腐剂之后，储存了一段时间，芳香滋味便在时间中流逝了，改头换面，旧颜不在。自古名将如美人，不许人间见白头。时间对于美食也是极其可怕的东西。美食悠然，时间却在奸笑，看看我是如何摧毁你的。

这个观点，朋友不认同，他反驳道："美食是有时间之味的，比如酒，比如腊肉，比如发酵过后的一些美食，等等，都是时间赋予的。有些东西并不是不好，只是看如何安排，二者相互成就自然便是好的结果，互相排斥，必然留下的都是伤感。"

这不就是人生的抉择吗？

织手搓来玉色匀，碧油煎出嫩黄深。

——苏轼

肆 · 点于匠心

藕糖和藕没有任何关系，无论材料，还是后期制作，均见不到藕的半点影子。鱼香肉丝里没有鱼，老婆饼没老婆，只是起了一个名字罢了，只等你细细追究起来，才有那么几分得名的意味，便是神似。

⊗ 脆藕糖

藕糖似皖南独有，和它同样似皖南独有的点心还有花生酥、灌芯糖、绵芯糖等等。为何说似，因为我不敢下定论。

江南糕点总是层出不穷，而各地师傅似乎也不避讳他人学去，只是学去的人，回到家乡，换了一个名号，结合当地的风土人情，便将其重新包装为新的糕点。比如云片糕，处处皆说是自己的特产，再比如葛粉，冲泡起来浓香扑鼻，也是众说纷纭，都是自家独有。就连徽州的臭鳜鱼，在湖南菜里，也是独当一面的。

是否在其他地方也有与藕糖类似的小食，无法统计，怕有漏网之鱼，便如此说来……

藕糖和藕没有任何关系，无论材料，还是后期制作，均见不到藕的半点影子。鱼香肉丝里没有鱼，老婆饼没老婆，只是起了一个名字罢了，只等你细细追究起来，才有那么几分得名的意味，便是神似。

藕糖的外形像极莲藕的茎，那些芝麻和莲藕茎上的刺也很像，简直可以以假乱真，而藕糖里的气孔与莲藕中间的孔，又极为相似。据说，技术高超的老手工艺者可以拉出七八十个细孔来，连绵不断。

藕糖的制作材料和工序并不复杂，只是将糯米和麦芽发酵，进行熬煮提炼，得到麦芽糖。再搅拌，拉扯，如兰州人的拉面，最终成了有极多气孔的细细的糖棍。切断，趁未完全冷却凝固，滚上芝麻，等冷却了，便成了藕糖。

切的时候，手起刀落，必不能犹豫，藕糖也应声而断。若是犹豫了，藕糖的切面便不平整，自是不好看了。

藕糖吃起来酥脆，甜润，却不黏牙。看起来似乎难咬，吃起来却应声而碎，入口即化。如小时候冬日里，将一块冰含在嘴里，瞬间便失去了踪影。只是藕糖温暖，又独留了一份甜润于舌尖，是生活的馈赠。

《红楼梦》里宝钗为了迎合老太太口味，只说自己爱吃甜烂、入口即化的食物。老太太笑道："那便好，吃的菜就没有顾忌了，正合自己胃口。"也不知她是否清楚，宝钗是在迎合她。

到了《京华烟云》里，姚木兰更上一层楼，不但说自己爱吃，而且做起花生羹来也不在话下，炖得入口即烂，还有自己的小妙招，惹得曾家老太太直说木兰是个巧妇，越发喜欢这个孙媳妇了。

藕糖也是如此，不但甜润、入口即化，看上去又极有嚼头，深得老人的喜爱，窃以为当初发明藕糖的人也是为了讨好哪个祖辈，也未可知。

　　小时候，一到年关，家家户户都会做一些甜点，以作过年时，孩子们的零食、招待来客的茶点。皖南人爱喝茶，喝绿茶，有些讲究的人会自己带个杯子，泡茶来喝，去了客人家，只需加点水便可，只是配茶的点心却不能少，又不能带，因此每家每户在过年时必须准备一些甜点。麦芽糖便成了家家户户要熬制的材料，甜点好不好，就要看那一日从早熬到晚，熬成的麦芽糖。

　　那一天，从一大早，孩子们就翘首以盼，等待麦芽糖的呈现。过了中午，只感觉厨房里那股甜香渐渐显现出来，温暖了整个冬日，直至越来越浓、越来越浓，如同天边的晚霞一般，稠到化不开了，空气都是甜润的。那一刻是大圣去王母娘娘的蟠桃园里，刹那间魂儿都被那香味勾走了。

　　孩子们哪里还能按捺得住，急匆匆地去了厨房。此时大人也劳累了一天，疲乏不已，见孩子来厨房捣乱，又是热水又是火的，担心孩子冒冒失失受了伤害，未免语气重了些。于是贪嘴的孩子便受了罚，轻则被骂，重则被打也是有可能的。推推搡搡地，便让孩子出了厨房。

孩子很是失望，心细的父母还是看出了端倪，见孩子神情落寞，于心何忍，便将糖稀用筷子搅上一坨，递给孩子。孩子将糖稀含在口中，抿住，舌尖在那糖稀里来回打转，直到整个口腔里都是甜润的味道，先前的失望转为开心，而被责骂的、沮丧的心情也一扫而空，取而代之的是那份甜蜜的享受。

那时才知，父母还是爱自己的，并不是那么厌弃他。

有了这份麦芽糖稀，便可以做甜点了。芝麻糖、炒米糖，再高级一些的花生糖都是有做的，只有藕糖并不是每家都能尝试的，那道搅拌拉糖的工序，一来真是体力活，二来也是技术活，并不是一天两天就能学会的。看花容易绣花难，有一年父亲的好友想试试制作藕糖，只弄得厨房遍地都是糖稀，无处下脚方才罢休，只得叹了口气，算了算了，不如花钱买一盒来得自在和便捷。

那位叔叔倒是常做一种叫灌芯糖的甜点，也是搅拌拉扯出来的，但是质地却是坚硬的，放久了，咬起来就极为费劲，刚做完的，应声而碎，却依然难以咀嚼，只是一旦入了口，与唾液综合，仿佛点睛了一般，极其甜润，又有一种柔韧感，而中间灌的芝麻粉此刻在口腔里爆开，生出了独特的韵味来。

灌芯糖和藕糖是两个极端：灌芯糖含秀其中，藕糖却将芝麻撒在外面；灌芯糖坚硬，藕糖却酥脆。一种原材料却生出了两种极为不同的甜点，让人惊叹之余，也对老艺人的手工甚为敬佩。灌芯糖无孔，藕糖却极多细孔，这是二者口感不同的根本。

我倒是很好奇，藕糖的孔到底从哪儿得来的呢？始终不得要领，身在北方，又无法追问其答案，只能先记下，若是有一日，重返江南，再得那老艺人问答，为好。

只是那甜润的味道却数十年如一日，未曾改变。

两种点心，如今皆为舌尖上的期盼。这两种点心，恰是先天一样，后天调理不同，而最终的成品也是不同的，这和人还真有点异曲同工之妙。一个好苗子，后期培养不同，发展不同，则完全出来两样的人才。麦芽糖常有，而老艺人却不常有，究竟最终成了什么样的点心，均在那一步步的工序里。

吃的便是那股焦香，那种脆酥的口感已经是王者出击了，那抹甜味似乎在的——是的，它是在的，没有缺席，在不经意间，气若游丝地绕在焦香里，虽弱却不示弱，拼尽全力。

⊗ 小酥饼

与金华酥饼的邂逅，略有一些愧疚，似乎有点对不起它。

看到它，吃过它，喜欢上它，很久很久之后，竟不知道它的名字，将它误认为是另外一款美食"蟹壳黄"。谁会想到，如此美味的点心竟唤着如此直接简单的名字。

似乎是夏天，在浙江横店的街头，遇见一家极小的店铺——只是一排屋子的楼梯口旁的一个小空地，一个老人在那里支起一只极大的木炭烤箱。原始的、笨拙的烤箱，外形有些像一个锈迹斑斑的油桶。烤箱的旁边摆着一个架子，架子上一排一排地整齐摆放着已经烤好的饼，大约只有一个保温杯的杯口大小，极袖珍。

饼的颜色实实在在诱惑了我。

实在是贪吃，一时间忘记了后面要干什么，只是站在那里，伸手拿过一沓来——一个长形的塑料袋，里面叠放着五只小酥饼，还没有打开，一种霉干菜混合着肉的香味便直冲过来，让人禁不住吸了一口气，咽了一口口水。

食物的魅力是全方位的，小酥饼丝毫不放过一丝一毫释放吸引力的机会。

价格不贵，童叟无欺。

等老人接过我递过去的钱，一面转身离去，一面扯开塑料袋上面系的绳子，拿出其中一个来。那形状、手感、颜色、氛围随之带给我数年的误会。饼是油亮而黄褐的颜色，夹杂着一丝暗红，圆中带方，像一只完整的蟹壳，像极了大闸蟹蒸熟之后，被人掰下两只蟹钳和八只蟹足，只剩下肥满的肉身，那饕餮食客估计正在进行品味大闸蟹的前奏，这蟹身是没有开启的主曲。极为平整的外形，极为诱人的光泽，动人心弦。

我看着那饼，心里暗暗思考，浙江极为著名的"蟹壳黄"，怕就是这个了……

认定了姓名，心里好似有了底气，开始光明正大地去品尝这一美味，咬开那一刹那，才察觉"蟹壳黄"在烤炉里焖烤多时，早已酥脆到极致，在口腔里立刻便碎了。包裹在其中的肉和霉干菜的香味瞬间袭来，让人猝不及防——霉干菜和肉本是绝佳的搭配，霉干菜的香味只有遇到肉才能完美释放，那霉干菜混合着肉香缩在"蟹壳黄"里，早已烤化了，混合在酥饼的面皮中，三者你中有我，我中有你，在炉中千锤百炼，练就成精，羽化成仙。好似什么也没有吃到，又实实在在吃了，那种真实的霉干菜香气和肉香早已从唇齿之间发散开来，面皮的焦香混合其中，已然修成了正果，赖是赖不掉的了，它就在那里，不减反增，将此时无声

肆 · 点干匠心

胜有声发挥到了极致。

　　那一日与朋友会合，朋友看我吃饼，便不由分说也拿了一个，边吃边说道："这个饼特别好吃，香透了，那个肉香好像从里面一直浸透出来，透到了饼面上。"饼极小，几乎是一口一个，他一面吃一面抱怨我买得太少了。

　　朋友竟然也不知道这饼的名字，我告诉他，叫"蟹壳黄"。他也只当是对的，跟着我叫"蟹壳黄"，得到朋友的响应，我便更加不怀疑自己的判断了。

　　朋友虽不知饼的名字，却对它极熟悉，表示，饼还有其他味道，有甜的，是焦糖味道。

　　如此一说，那势必要回去再尝尝焦糖味的"蟹壳黄"。

　　回到老大爷的摊点，再度买了两袋甜口，一袋霉干菜的咸口"蟹壳黄"。晚餐也不用吃了，回宾馆房间里，泡一杯浓茶，慢慢享受"蟹壳黄"带来的唇齿留香。

焦糖味道的"蟹壳黄"味道似乎差一些，但那股焦香还是极俘获人心，焦糖味道好似成了点缀，变得不再重要。吃的便是那股焦香，那种脆酥的口感已经是王者出击了，那抹甜味似乎在的——是的，它是在的，没有缺席，在不经意间，气若游丝地绕在焦香里，虽弱却不示弱，拼尽全力。禁不住让人想起《神雕侠侣》里的小龙女与金轮法王在武林大会上的缠斗：小龙女武艺虽弱于金轮法王，却轻巧至极，在金轮法王的全面攻击下，寻找丝丝缝隙，短时间里堪堪打了个平手，不落下风。这样一想，不免佩服起手工艺人做饼时的七窍玲珑心，真是水晶心肝玻璃人，处处通透，处处想到，已经安排得极为妥当，是稳坐八卦阵的蜘蛛，只等食客上来，轻易俘获对方的味蕾。

那次的品尝，便再也忘不掉这味道。

　　一日，在遥远北方接到一个浙江本地朋友的电话，他即将北上，问是否想吃点什么浙江的特产。我丝毫没有客气，直接说道，想吃那酥脆咸口的"蟹壳黄"。那朋友也没有推脱，直接答应下来。于是，竟像等待久别重逢的老友一般，数着日子，等待"蟹壳黄"的到来。

　　当朋友到了，递给我一大盒蟹壳黄时，那精致的纸盒包装，几乎没有等到我耐心欣赏，便直接被撕开了。

　　见了正主，我突然傻了眼。

　　是朋友弄错了吗？还是出了什么问题？我要的是蟹壳黄啊？

　　朋友道："这便是蟹壳黄啊，我是地地道道的浙江人，难道还能弄错不成？"

　　可是，完全不对啊！

　　是，这蟹壳黄也是面饼烤制，也是有肉馅的，入口也是香味扑鼻，肉馅比我曾吃过的"蟹壳黄"分量似乎还要足得多。面饼是发酵过的，圆得工整，油酥可口，外面沾了一层白色的芝麻，那芝麻的香和面香很是贴合，口味极有层次，令人满足。

只是，它不是我心里的"蟹壳黄"。

朋友不远千里带来，还是要说谢谢的，只是心里有一万个问号，不好再问，是两地口味不同，还是改良了工艺，或是……他弄错了，抑或是我错了？

如此"悬案"搁置多年，直到有一年去江苏同里，在一条小巷里看到一个粗朴的烤箱，一个中年妇人正在叫卖我心里的"蟹壳黄"，这一次看清楚了那招牌，是"金华酥饼"，我不由地呆住了。

妇人以为我质疑她是否正宗，不由分说，用金华话辩解，只是我听不懂。她则笑了，又用不太地道的普通话说道："我就是金华人，如何能卖假的酥饼，这便是金华酥饼了。"

我买了一袋霉干菜酥饼来尝。

果然是那个味道。

在江南的水乡里，品味着江南的美味，一时间，荣辱皆忘，自在神仙，随即在心里大笔一挥，那段小小的"悬案"便就此了结了。

只是不知道该不该和那个浙江的朋友解释解释清楚，或许他早已忘了罢，应该是的。

绿豆香中和了那份甜腻味道，那份甜多了一份高级感，绿豆的绵密与糖的热情协调后，是《怜香伴》里崔笺云与曹语花，那种卷卷情深，是可以令人感动和释怀一切不快的，在品味那一刹那便把一切都忘了。

⊗ 绿豆糕

　　糕点应是所有料理中，最能将手工活发挥到极致的种类。

　　中式糕点不拘一格，有的写意，有的写实。雕刻山水，塑形人物，活灵活现，形式多样，既洒脱又严苛，精致与随性共存一处，又将色彩搭配发挥到了极致，比起日式的寿司或西点的烘焙，不知高明了多少倍。

　　若是说寿司和西点为厨师的杰作，那么糕点则是艺术家的创造。

　　中式糕点虽然对原材料要求很高，但相对于其他环节来说，并没有那么苛刻。糕点好不好，糕点师傅的手艺起了决定性的作用。

将食材研磨成粉，便有了糕点最初的材料。和上水，成泥状，便可开始制作糕点了。这是雕塑的艺术，却远比雕塑来得温柔。是烟花三月的轻风，拂过二十四桥，拂过玄武湖，拂过淡墨徽州，拂过西湖，于是，柳枝发芽，草长莺飞，江南醒了。

将绿豆研磨成粉，混着糯米粉，用水和开，原来的一抹深绿便浅了下来，再加糯米粉、水，再加……那是春色在空气中晕染开来，是池塘里倒映的柳条，已经发芽了，渐渐舒展了，霞光照了进来，将那抹绿色缓缓稀释了，揉进了空气里。这便是绿豆糕最原始的状态。

绿豆糕并非江南独有，遥远的塞北或是岭南都有绿豆糕，却各有不同。

江南的绿豆糕有其独特的魅力，温润、青翠又不负诗意，都是江南的风味。这一切又源于绿豆，将绿豆在原野里汲取的那抹绿色也一并带到了点心中去了。

北方的绿豆糕更粗朴一些，像是先将绿豆粉过筛，弄细腻后，拌上糖，挤压成形，便是成品了。所以北方的绿豆糕质地松软且一碰便散，吃的时候，零零碎碎落下一地碎渣，味道却是不错的。但因为干燥的原因，下咽时，不够顺畅，需借助清水来滋润喉咙，好将食物顺下去。但那抹绿豆香味是有的，绿豆的质地也是有的，让人一口便知这就是绿豆糕，原汁原味到无可挑剔。

江南的绿豆糕则不同，是细雨湿了流光，月色晕了窗台，或是好雨知时节，是随风潜入夜，那是一种湿润的味道。

南方人喝茶，总要配一些茶点，若是太过干涩，茶味要去湿润干涸的喉咙，便少了几分品味茶的兴致，所以茶点须做得甜润一些。江南的茶点总是用油或水将粉弄湿，那调好的粉团或生或蒸熟，再进行搓揉成形——若是生的做成形状后，还需要重新蒸熟，那样容易变了色彩或弃了形状，所以大多数的茶点便是先和了有颜色的植物，再掺入糖，蒸熟后，再做造型，以备万无一失。

绿豆糕便是茶点的一种。

在面点师傅的手里，绿豆粉成了油彩，在每一种混合的茶点里发挥它的作用，是花朵旁边的叶子，是竹的清脆，或是桃红底端的一抹绿色——是桃的底子，有了底子，那茶点才有了生机。红花配绿叶，相得益彰，端上桌，便是一幅生动的画。是雨在池塘里激起的一点点的涟漪，微微荡开了，荡开了，直至消失不见。

只是这些糕点，绿豆糕在其中只是点缀。若是真想尝尝江南绿豆糕的纯粹味道，必须去见识见识它的主场。

绿豆糕在江南的糕点当中并不高贵，盒子一般来看也必不精致，透明的塑料盒，用订书机封口，就锁住了里面的油香，从盒子外面一眼便看到一

肆 · 点于匠心

· 215 ·

大块绿豆糕被虚切了开来，只是一道浅浅的痕。吃的时候，自行从那一处断开，便是一小块。

那盒子里，油亮亮的，绿豆糕看着透明如琥珀。绿色因为油的滋润，显得极为靓丽，不知用了多少食用油，才有了当下的场景。绿豆糕看着似乎有些油腻，女生看了便会摆手，有些厌弃，又甜又油，还不被腻歪死。

打开盒子，那股淡淡的清甜的香味，顺着油脂缓缓飘上来，那女孩心里不由想到，试一块吧，试一块终归是没有什么大问题的，却不知道温柔的东西往往藏着极为蛊惑的内质，俘获人心。

那绿豆香虽清淡，一旦入了口腔，便迅速增长了它的威力。是一首淡雅的诗词，是《红楼梦》芦雪庵联诗，凤姐儿那句"一夜北风紧"，听来似无味，却不知底下是众多女孩的舌灿莲花。

绿豆香中和了那份甜腻味道，使那份甜多了一份高级感，绿豆的绵密与糖的热情协调后，是《怜香伴》里崔笺云与曹语花，那种眷眷情深，是可以令人感动和释怀一切不快的，在品味那一刹那便把一切都忘了。

绿豆糕或因有如此魅力，才得以在品目众多的江南茶点中占有一席之地吧。

苏杭的绿豆糕做得精巧，总是要做一些花样来。就算是简单的绿豆糕、简单的包装，也不忘记在上面印上一些图案来，或捏成一些形状，让其外形更加有韵味。何止是绿豆糕，苏州的糕点，端上桌，总是让人不忍去吃它，看了良久，还在自我怀疑中，吃了它，是不是亵渎了它？或是可惜了？它真的是给人吃的吗？或是只是让人拿来欣赏的。

徽州的点心相对来说，就不如苏杭那么考究了——考究是有的，但不够花哨。徽州有一种酥糖，做成麻将大小，方方正正的，压得很结实，实质却极酥，表面光滑，上面用模具压上花纹，是"梅兰竹菊"的图案。打开包装看了，也是极漂亮而工整的，却不如苏杭点心那样姹紫嫣红，很是夺目。

徽州的绿豆糕也是如此，倒是不忘记在口感上，有一些变化，于是便有了夹心的绿豆糕，有绿茶口味、红豆口味、薄荷口味的，虽是有了一些变化和突破，然而从口感来说，还是纯正的绿豆糕来得更加爽利且有特点。若是少了绿豆的那股清香，或是喧宾夺主，那绿豆糕里绿豆粉的意义就被消解了，和一般面点又有什么区别？

如此便如站在一幅水墨山水画之前良久，仿佛到了徽州，那雾锁山野之间的西递宏村，必有一个老人坐在古朴而雅致的房子里，将一切景点开发或是广告营销统统屏蔽在了门外，只是用白瓷的杯子端上一杯江南特有的绿茶，热的，有一点烫嘴，小心地嘬上一口，便去拿摆在玻璃盏中的绿豆糕，细细品尝一番，再就着绿茶缓缓吞下，快活似神仙。

想到橘红糕，便想到那两句诗来：「揉碎桃花红满地，玉山倾倒再难扶。」橘红糕是金橘的『自我牺牲』，放弃了生命，留下一抹橘红，再弹一段令人沉醉的曲调。

⊗ 橘红糕

　　每每遇见一些江南的老人，在冬日煦暖的阳光下，缓步走在街头。

　　他们多已步履蹒跚，撑着拐杖，一步三歇，与周边的车水马龙已经不协调，即便如此，他们也要走到那些深深的巷子里。虽是缓步，细细瞧来，他们眼里却是有光的，有一种期待，是一种对生活的热情，这种热情化在舌尖上，便是品尝散落在街头的、那些陪伴他们一生的美味。

　　热爱美食便是对人间最温暖的热爱，对人情最甜蜜的眷念。

　　他们坐到那个城市里小巷深处一家极古老但

又极干净的小店里，喝茶吃点心。问及为何不去那些装潢精美又开阔的店里吃茶，交通方便，店里环境又舒适。他们便会回道："你说的那些都对，但吃又不是吃舒适和装潢，吃是吃的那一口味道……那些店里的茶点如何是人吃的？都是一些添加剂兑出来的，伤人舌头。"

如此便想起了，街头卖的玉米，香味整条街都能闻到，后来才知有一种叫玉米香精的东西；那绿茶烤鸭，一揭开炉子，绿茶的香味混着油脂扑鼻而来，香了小半个城，原来也有一种添加剂叫绿茶精；再说，如今横霸天下的火锅，那香味不是家里能调出来的，让人吃得酣畅淋漓，不料，某日便在报纸上看到，有一种辣椒精，只几滴，便可以香麻你所有的味蕾，赛过世上最辣的辣椒……

添加剂对人有伤害吗？

不太清楚，但偶尔吃一丁点似乎也没什么大碍，只是，吃过之后，再去吃一些好的东西，就觉得没有什么滋味了。

于是，便懂了老人的意思。

民间的点心，需原汁原味，所有的味道均来自自然。光风霁月，青云出岫，美在自然，是清水出芙蓉，天然去雕饰。一切违背自然的东西，都必不好的。

用苋菜汁可以调出桃红色，桃红是情感的涌动；用菠菜汁可以调出青山之色，绿色是年轻的感觉；若是黄色，则会去找栀子……大自然早已将色彩给了芸芸众生，只等人们来发现。

如此，便想到了橘红糕。想到橘红糕，便想到那两句诗来："揉碎桃花红满地，玉山倾倒再难扶。"橘红糕是金橘的"自我牺牲"，放弃了生命，留下一抹橘红，再弹一段令人沉醉的曲调。是失而不得的《广陵散》——若是真的失而复得，这《广陵散》每次弹奏皆会让人心悸，或是生出一些惆怅，音乐可求，知音难觅。是柳如是坚持投河，以身殉国的执念；也是寇白门一生为侠的一点红装英气；是金橘以命换来的一抹色彩和香气，看似轻易，却是孤注一掷也要留下的一抹红。

将新鲜的金橘取来，洗干净，用破壁机打得稀碎，成泥状，和上黏黏的糯米粉和白糖，搓揉到三者相互融合无法分开后，再上锅蒸，等熟了，揭开锅盖，橘子的香味便会扑鼻而来。蒸熟之后的香气远胜之前，只是橘子的香味并不像香精那样咄咄逼人，是纤细的、丝丝入扣的，像赵飞燕的舞，轻盈而婉约。原本看起来不够通透的糯米粉也变得通透起来，好似在高温蒸煮中，终于明白了人生，大彻大悟，彻底通透了。

于是，从锅中取出，如果太烫，可以将手润湿，去取来，若还是受不住，可迅速将蒸熟的食物放在砧板上，再用手指去捏住自己的耳垂，祛除烫痛。这个动作似乎带人回到童年，孩童的俏皮，是对食物的期待。

如此一来，那蒸熟的糯米粉已经转移地点，沾上生粉，搓揉成形，切断后，冷却，便是橘红糕。这一切都必须人工来制作，不得假手于机器。有了灵魂的东西，就得尊重地对待它。

到了这时，再从橘红糕里寻找橘子的身影，便再也找不到了，只留下淡淡的橘子的颜色。橘子的颜色一般是艳丽的，如今却调和到了一种淡淡的粉色，沾着面粉，如隔了一层面纱，半掩面庞的娇羞。再去品它的味道，却是浓郁的橘香，甜而不腻，口感弹牙又极为润喉，吃了口舌生津，因此橘红糕更有止咳的效果。大抵说到食疗，都会与不好吃挂钩，而橘红糕极美味，又可治病，可谓是食疗的佳品。

橘红糕为浙江的特产，而桂花糕则是江苏的特产。二者异曲同工，只是桂花糕里的桂花是实实在在的，看得见，摸得着，品得到。桂花就在糕里，手艺人好似怕食客不知，在做完的桂花糕上，不忘记再撒上一些干桂花。桂花的香味要比橘子猛烈得多，特有的甜香丝毫不打算让出主场，尝桂花糕便感觉整个世界都盛放着一棵金桂。金桂本就有很好的寓意，是幸福和金钱的象征，于是，尝的人也尝到了一份祝福。

福建、广东很多地方，倒是也将金橘视为"大吉大利"，寓意极好。因此每年过年，各家各户都要在门前放两株金橘盆景，讨个好兆头。而橘红糕便是发源于福建，怕最初也是有"大吉大利"的寓意在，当橘红糕在正月盛在食盒里，每个人的心里亦是自在欢喜的，是一种甜而温暖的祝福。

到了浙江，橘红糕的寓意好像被剥夺了，没有了寓意便只留意口感了，橘红糕的好吃摆在了第一位。

橘子倒是荣辱不惊，从最初的福建橘红糕那时起，橘子就没有打算像桂花在桂花糕里那样成为主位，如今到了浙江，则更是不想出这风头，只剩下那抹淡淡的橘意。口感上，你第一口怕是只感受到了糯米的香和糖的甜，等到第二口才发现竟然有一股橘子的香味，那红色究竟取自何处？再细细品尝，才恍然大悟，原来不是色素，而真是橘子舍弃了自己，将那抹色彩和淡淡的香味深深扎入了糯米粉里。

正是有了橘子的灵魂，才有了如此萦绕却不争不抢的橘红糕。

那些经过时间的沉淀、手工的打磨，不争不抢，不疾不徐，不急功近利的食物哪一样不是这么来的？食物中的灵魂远不是那些食品香料添加剂所能媲美的。

这多少有点像金庸小说里写的武功到了极致，便是「大巧无工」，其实哪里是无工，只是熟练后，将这些「工」都藏了起来，不是粗鄙地显摆，也不是刻意地炫耀，那是人生的另一种境界。

⊗ **云片糕**

在江南，云片糕是喜气的代名词。

切得薄薄的云片糕从红色的包装纸中拿出来，置于白瓷盘子里，看着便是一种温暖的喜悦。一般它的出现，是因人升学升官，取其谐音，谓"高升"，或是生子祝寿，便是"高寿"。云片糕是喜事里的常客，是过年时的鞭炮，春天里的桃红，逢场必不落下，这样才得以圆满。

面食在江南不做口粮，成了一种消遣调剂的美食。食品一旦不为果腹，便想着花样来做，力求精致漂亮。南方的糕点于是繁复、花哨，细致如艺术品，内里乾坤，吃起来也非同寻常。夹杂了各式水果蔬菜、荤腥素食的精华，做成甜咸两种口味，再从这两种口味里生发出千百种细腻的口感来。

有一次在网上看某个知名苏式点心大师的后人制作茶点。用各色果蔬汁调出来的面色，鲜艳且好看，五彩斑斓的。黄的通透，红的纯粹，再经过巧手揉捏，慢慢从面食里生出了生命，梅的馥郁、莲的清香从屏幕透了出来。看得人忍不住唇舌大动，咽下了口水。

云片糕则没有那么讲究，是一份难得讲究实用的糕点。粗朴如浓春的绿、初秋的风，只是让人舒坦。将糯米炒到熟透，磨粉过筛，直到精致如细雪，白糖也如此，细细碾磨过筛，直到捏在手里如烟云一般，绵软轻柔。还有猪油以及各色香料，掺和拌匀，碾压成形，方方正正的。再由切片的师傅执锋利的大方刀，那刀极宽且平整，缓缓切下去，将那方方正正的面块分解为薄纸一般，又粘连在一起，不松散开来。吃时方慢慢撕下一片，筋道十足，入口却软糯如绵，化为唇齿之间的甜蜜。而云片糕制作完毕也不能放置太久，久了，便干如树皮，实是难以下咽。

如此一看，说是粗朴，却好似将精致藏了起来。所有材料都极为考究，而刀工也要求到了极致，这样出来的云片糕，才是真的漂亮。这多少有点像金庸小说里写的武功到了极致，便是"大巧无工"，其实哪里是无工，只是熟练后，将这些"工"都藏了起来，不是粗鄙地显摆，也不是刻意地炫耀，那是人生的另一种境界。

张爱玲说自己小时候经常梦见吃云片糕，吃着吃着就变成了纸，除了涩，还有一种难堪的怅惘。有一年，我南下就业，父亲的好友买来两副云片糕送来，寓意吉祥，饱含期望，父亲很开心，甚是感谢。只是那个云片糕已经存放太久，虽没有过期，却已难以下咽。那一刻突然想起了张爱玲说的这段话，不禁呆住了，岁月带给我们很多回忆，却同样带走了很多东西，一去不返，那于我是一段往事，于时代而言，只是广袤森林中的一棵小草——细究才看到那些细细裂开的纹理，镌刻在了时光的印记中。

如此过了很多年，都没有接触到云片糕了……

几年前，和家人出去玩。在一个江南小城的广场上，正举办着传统工艺展示。有一位老妇人正在那里制作云片糕，随做随卖。很意外的是，竟是手工切的，妇人拿着一个宽大的刀正细致地切着云片糕，厚薄均匀，云片糕质地非常轻软，在刀片之下，离开"母体"，缓缓成形。我买了一些，和家人一起尝，果然极其正宗……

老人说，这是祖传的手艺，到她这一辈便不再传下去了。究其原因，她只是怅惘笑道："学这个有什么用，如今都有机器，有工厂，切得厚薄均匀，如何还用得着这些。学了，也是浪费精力，练就炒米、磨粉、筛面、切工……不可一日而成的。

以前学来，便是一生的饭碗，如今学来，恐怕也只能在这样的场合下展示展示了，只是又有多少人去注意它？"

这些传统的手艺，一旦经过工厂的批量生产，立刻少了温度，缺了精髓，人的情感始终不是那些冷冰冰的机器能够替代的，吃在嘴里也少了那份余韵。

记得很多年前，有一年的春节，同学从老家来找我玩，带了一份云片糕。他说，云片糕是他们家乡的特产。这也奇怪，江南很多地方都视云片糕为特产，也许这便是一方水土，融在春花秋月夏日冬雪之中，化不开了。同学说到自己家乡云片糕的好，说撕下一片，便可以用打火机点燃的。

说着，他便真的撕下一片来，用打火机点燃。院子的空气里，缓缓地，一股淡淡的炒焦的糖的甜香慢慢弥散开来。

甜酒酿，是江南未出阁的女子，如云的鬓间别了一支白兰花。艳阳下的小巷内，避了日头，青石板上透着层层清凉，少女缓步而来，袅袅娜娜，轻轻走过去了，只在小巷里，留下一丝醉人的芬芳。

⊗ **甜酒酿**

岁月为童年增添了一份缥缈的氤氲感，挥不去的烟云穿越时光阻碍缓缓飘来。

在唐传奇里，便是《柳毅传》；在历史故事里则是"苏武牧羊"；在传说里，又是《西游记》里乌鸡国的国王，恍若隔世回到了家园；若是在大银幕上，便是侯孝贤的《童年往事》……

都是泛黄的纸上，那一缕早已陈旧晦涩的墨，洇开了，没有了边缘。是天气不好的日子里的一轮月，起了毛边，模糊在了暮褐色的天空里。

在老家阴暗逼仄的厨房内。

应该是晚上，父亲从一边的竹筛上将已经凉

透了的糯米饭取了下来——那是傍晚事先蒸熟了的。糯米饭在昏黄的灯光下，散发出一股迷人的、灿亮的色泽。

父亲将筋道的糯米饭打散，一边的母亲早已将"酒曲"丸碾碎成粉末。随后，"酒曲"粉被小心均匀地倒进了糯米饭内，拌匀，最终盛进一个白瓷的坛子里，压实，上面再撒上一层"酒曲"粉，中间用木棍打出一个孔来，通透到了坛子的底部，再往孔内撒上一些"酒曲"粉。

整个过程极具仪式感。

父亲和母亲都很少说话，一步步安静沉默地完成了整个甜酒酿的制作。

"酒曲"粉宛如点石成金的仙丹，让人很好奇到底是什么。若干年后，才知道，那是一种酵母。在经过强烈蒸煮的白米中，移入曲霉的分生孢子，然后保温，米粒上便会茂盛地生长出菌丝来，便是酒曲。"酒曲"可将米里面的糖分"逼"出来，形成酒酿。

那丸"酒曲"总让人想到《聊斋》里的狐狸，在月夜下，吐出丹丸来，救治那个穷酸的赶考公子。丹药一出，死人复活，一切迎刃而解……

乡下的女人，会将它团成龙眼大的丸子，晾干，装好，沿村沿户地卖，价格很便宜。好的"酒曲"做出来的酒酿芳香四溢，清新甜润，且没有酸味。差的"酒曲"可就没那么好了，出来的酒酿酸涩难以入口，搞不好还会坏了一锅糯米，只能弃之。

"酒曲"的优劣从外表是看不出来的，只能碰。有点像街头逢人，如何能识得对方是好是坏，只能交给自己的眼缘去判断。

将加工好的糯米放在湿润的地方，慢慢发酵。夏天时间稍微短一些，冬天糯米仿佛也随着温度迷迷糊糊睡着了，会晚一些……

细细听，似乎可以听到白瓷的坛子里"汩汩"的声响。细微而亲昵，很是好听。

小时候，想去打开看，却被父亲拒绝了，说是跑了气，味道便不好了，可是父亲明明每天都要打开瞧一瞧究竟，难不成他有什么独特的法子，既查看了白瓷坛子里的情况，又没有打扰糯米的发酵？

隔了几日，趁着父亲打开坛子的时候，凑过去看，屏息凝神，生怕自己呼出的俗气将它带得发酸了，大气也不敢出。只见里面的糯米已经没有那么干硬，变得松软起来，下面涌出一些汤汁来，那便是甜酒。用勺子尝一口那米粒，入口即化，甜中带着一丝米香，米香里又多了一份酒香来。

父亲便会说："好了，可以吃了。"

这时我便会舒了一口气，真欲拍手称快，等待了这么多天终于有了结果，比考试得了好名次还觉得开心，因为都是肉眼可见的幸福。

甜酒酿可生吃，也可煮熟了再吃。

孩提时代，还是觉得生吃可口，冷的吃来，

沁人心脾，甜度更是惬意。热了，就没有那么爽口了，只是甜得更温暖。米粒吃到嘴里轻软如绵，混若无物，还未经咀嚼，便随着汤汁入了喉，一路黏着唇角的甜润，滑过喉管，直至胃里。精神为之一振，通了七窍，换了人间，让人一下子忘了所有的烦恼，满屋子都是香甜的气息。

家乡做的甜酒酿，朴实而温暖。

从厨房里捧出那一坛的酒酿，已然是超大份的满足，夫复何求。只是父亲不让一次吃得太多。酒酿虽柔和，但也可以醉人的。

后来去了城里，一次吃夜宵，有朋友为我点了甜酒酿，上面漂着一些点缀物，红黄相间，甚是好看。酒香里，一股浓郁的桂花香味从碗里轻盈地飘了出来，还未曾开动就已被它征服了。原来黄色的是桂花干，红色的则是枸杞。用勺子舀了起来，碗里还有其他惊喜，是一颗颗极糯的小丸子，珍珠一般大小，混杂在甜酒酿里，吸饱了酒酿的甜酒香，却固有着自己的筋道口感。酒酿则依然甜而不腻，入口即化，又似乎是比自己家里做的酒酿要厚实了一些，一问方知，里面放了一些藕粉，衬得酒酿更有了神采。

如此多的食材融于一碗，互相成就，互相抚慰，渐渐成了一碗甜品，将现代化的城市都融化成了黛墙灰瓦，便是江南。

甜酒酿，是江南未出阁的女子，如云的鬓间别了一支白兰花。艳阳下的小巷内，避了日头，青石板上透着层层清凉，少女缓步而来，袅袅娜娜，轻轻走过去了，只在小巷里，留下一丝醉人的芬芳。

据说甜酒酿在古徽州可以做多种食材的打底，煮鸡蛋、煮炒米，或是葡萄干、红枣、核桃、豆沙等等都可以和在其中，煮成一碗精巧的甜品，只是我未曾吃过。

我去过徽州很多次，却一次也没有刻意去寻它。倒不是不想，只是对纯粹的甜酒酿留有一份

肆·点干匠心

久远的回忆。

存久了的回忆便成了泛黄的照片，虽然淡了色彩，却添了一份厚重的岁月缅怀。

甜酒酿再继续发酵，便渐渐失去了甜味，变成纯粹的米酒，酒精的度数也随着发酵的日子慢慢涨了上去，那时候才是真的可以把人醉倒的。

夹上一个，咬碎，蟹肉如流汁一般，从里面渗了出来，轻轻吮吸，便已全部入口，海鲜独特的甜鲜加上辣椒的味道，姜蒜的爽利，花椒的泼辣，还有浓烈的酒香，是一种独特的口感。

⊗ **醉蟹钳**

　　第一次食醉蟹钳这道江南美味，却是在北方。

　　那是一家开在北方的淮扬菜馆子，走了进去，总觉得装修哪里不对，再加上那几日沙尘飞扬，天公不美，因此心里更是得过且过，不抱希望。翻开菜单，也是漫不经心地，菜单做得也不精细，胡乱地粘贴照片，旁边则是价格，倒是直接。

　　有几道冷盘，细细看了一遍，只发现醉蟹钳是最想尝试的，其他的并无特别。

　　既然不抱希望，权且试试也并无不可。江南醉蟹只闻其名，却从未品尝其滋味，于我这老饕而言，实为憾事。

　　三五分钟，便上来了几个精致的小盘，别的

是朋友点的，自然不去在意，只专心去看那醉蟹钳。那心情有点像在北方的婚礼上，期待南方姑娘掀开盖头的一刹那，谈不上惊喜，倒是好奇。

端上来的蟹钳很漂亮，淡粉色的蟹钳盛在白瓷的小盘子里，下面有汤汁，散发着诱人的香味，那是黄酒和葱蒜等香料的味道。突然想起，曾见过这样的玉雕，惟妙惟肖。如今这实物反倒像那日的玉雕，假作真时真亦假，可谓颠倒了晨昏，有一种不切实际的喜悦。蟹钳和那盘子融为了一体，是一件艺术品，非常精巧。

夹上一个，咬碎，蟹肉如流汁一般，从里面渗了出来，轻轻吮吸，便已全部入口，海鲜独特的甜鲜加上辣椒的味道，姜蒜的爽利，花椒的泼辣，还有浓烈的酒香，是一种独特的口感——江南水乡的戏台上，锣鼓声敲响后，丝竹声映着水声缓缓吹奏，煞是好听，让人听着身陷进去，只是入迷，突然便传来一道婉转的女声，是一段《皂罗袍》，那便是高潮部分，是那流泻入口的蟹肉。

醉蟹钳是生的。

竟是没有想到，那盘醉蟹钳将我从沙尘漫天的北方带回到柳低烟垂的江南。

那次体验极为美好。

后来重回江南，忍不住点了醉蟹。管窥一豹，井中之天，虽是点醒，但终究不及全盘感受来得惬意。

蟹应是泡了很久，一整只放在盘子里，呈青褐色，一眼便看出是生鲜，依然是白瓷的盘子。蟹周身因久泡散发出光泽来，与白瓷交相呼应——更是一件艺术品。蟹钳是一件小巧的工艺，是杨柳拂面的酥痒的刹那，那是一小段唱段，如今整只的蟹，则是一整出的戏……

这边厢急急风已经响了半天，馋得人食欲大动，不由揭开了蟹，内里乾坤让人精神为之一振，半透明色的蟹肉和膏。吃蟹本就有辱斯文——江南人除外，独有的蟹八件，可以将蟹拆得精细无比，吃得干干净净，动作幅度却极小，很是雅致。上海人更是笑言，一只蟹拐便可以喝半盅黄酒，吃完的蟹壳依然可以组装成一只完整的蟹来，旁人却看不出内里已掏空。等一切已尘埃落定，还不忘记用菊花叶泡水来洗手，去腥。这是吃蟹，也是一次行为艺术。

我不行，每一次吃蟹要大嚼才能过瘾，留下一盘碎渣。而如今对这醉蟹却更是斯文不起来，看似完整的一只蟹，吃起来，却只能吮吸，蟹肉介于流体与固体之间，咬在嘴里，使劲吸来，才能将汤汁混着肉汁一并吸入口腔内。吸完肉汁，那蟹便只剩下一些骨架了，这一招让人想起白骨夫人，这一联想，立刻损伤了美味。

这一次的醉蟹并无辣味，据说这才是江南真正的醉蟹，用黄酒、姜丝等调味，保留蟹本身固有的鲜美。辣只能先声夺人，把主战场都占领，于蟹很是可惜，于我却增了一些口感，辣和鲜混杂在一起，似乎可以中和了黄酒的霸道和蟹本身的腥味，味道更好……

江南人却是不屑的，生食便是要得到食物最本真的味道。

我却不太能接受，而一旁的他乡故友更是不能举箸，生生将这美味拒之门外，辜负了江南人的美意。

许是顾及他乡人不能接受这一"本真"的吃法，后来我再一次于餐桌上邂逅的醉蟹便是煮熟的。一众老饕们竟有了挑选的余地，有人要了原味，有人要了辣味，而熟蟹则没有人拒绝了，蟹肉是完整的、有嚼劲的，酒已浸透，很有滋味，一丝丝，一条条，都能从蟹壳中剥离出来，吃得非常尽兴。所有人都吃得津津有味，我自然也如此。那一次的尽兴倒是让我在某段时间极爱这熟醉蟹，回到家竟然自己试着去制作起来，味道并不差。倒不是我烹饪手艺好或是天分极高，而是蟹本来就是极美味的，清蒸尚且艳绝群芳，何况如此加工呢。

我如此这般久久享受这新奇的美味，直到有一天和一个艺术家聊天——

那是一位地方艺术的翘楚，只是这门地方艺术早已渐渐不得大众欢心，成为极其小众的艺术品类，他仍然坚守着。我问他，有没有想过改良。他品了一口泡好的茶，缓缓而语重心长地说道："不瞒你说，很多人劝我改良，将一些流行元素加进来，可是如果这些地方艺术能如此迎合观众，那它还是艺术吗？这类艺术就应该独善其身，保留它的原汁原味啊，它的古老，它的不合时宜就是它的全貌，如果完全迎合他人改变，它还是它吗？它将变成什么？"

如雷贯耳！

那一刻我突然发现熟醉蟹味道的不伦不类了。是的，也许生醉蟹并没有那么好，也许它的确不合时宜，也许它实在于一些人难以入口。但是它就是它，它就是那一类艺术，它存在有它的理由。你可以不爱它，但是你必须承认它的存在。

如此，重回那家开在北方的淮扬菜馆，好在那家馆子还开着。再点了那份醉蟹钳，好在，它也还是曾经的那道菜。

咬开蟹壳，等待里面的肉汁缓缓流入我的口腔里。

一口咬下去，白蒿独特的香味从米粉里悠然地溢出，像一个隐士，遗世独立，飘然出尘。加了咸肉、油渣或是鲜肉的，使这一抹阡陌之味，又多了一股人间的烟火气息，肉香满口。是一种俗世的味道，那是大隐隐于市的从容。

⊗ **蒿子粑**

　　农历的三月三前后，晨光熹微时，江南的女孩都会挎着竹篮，去田野里挑一些白蒿来，做蒿子粑。

　　蒿子必须是白蒿，带着一股原野的清香。

　　江南春日雨天居多，空气湿润，雨雾蒙蒙，远山如黛，是一幅不折不扣的水墨画，空气氤氲在画中，将远山近水都洇开了，于是画便灵动起来，是仙人搅动了空气，增添了远音，古筝簌簌弹起，便是失传几百年的《广陵散》……

　　白蒿仿佛沾着仙气，在春色朦胧里脱胎换骨，群草之间，鹤立鸡群，有了几分担当。

白蒿采回来，清洗干净，切碎，揉汁，拌上米粉搓揉，米粉渐渐浸染成了绿色，和白蒿融为一体。米则有的选粳米，有的选糯米。粳米清爽，糯米弹牙。有些家底的人家，将陈年的腊肉，或是油渣，抑或是鲜猪肉，切成碎丁，拌在其中，揉搓按压成饼，煎透，便是蒿子粑。

煮熟了的蒿子粑两面金黄，透着点点暗绿色，里面夹杂着一些褐色的纹理，那是蒿叶，蒿子粑的灵魂。

一口咬下去，白蒿独特的香味从米粉里悠然地溢出，像一个隐士，遗世独立，飘然出尘。加了咸肉、油渣或是鲜肉的，使这一抹阡陌之味，又多了一股人间的烟火气息，肉香满口。是一种俗世的味道，那是大隐隐于市的从容。

我在家乡，听过蒿子粑的两种由来。

第一种说是三月三，世间已入春，寒冬渐远，阴气下沉，阳气上升。人们也渐渐脱下厚重的外衣，

开始忙春耕种植，为一年之计做打算。冬则是先人
远去的象征，蒿子粑有种辞旧迎新的意味。祭奠先
人，保护自己。吃蒿子粑一是追思，那一份白蒿气
息绵延千里，山野间留有先人的坟茔，不能忘记。
蒿子粑黏性十足，用来粘住人的三魂七魄，一年里
平平安安，免于后顾之忧了。有这样想法的人家，
一般用的是糯米来做蒿子粑，黏性十足，真正圆了
自己的美好的愿景。

这个说法，倒是有一半正确的。三月三离寒
食节不远。寒食节为祭奠先人不能生火，蒿子粑
不容易变质，便于保存，做好便可以在寒食节前
后吃它，味道芬芳又免于灶火，蒿子又有除虫的
功效，几点综合，便是最好的充饥材料。

还有一种说法，蒿子粑是从江北传到江南。
人们逃荒，白蒿四季皆有，方便采摘入菜，路上
生火做饭不便，于是将蒿子切碎和以米粉，做成饼，
随身携带，予以充饥。白蒿杀虫，南方蛇多，遇

到蛇洞，可以将蒿子粑扔进去，诱惑其吃它。蛇吃蒿子粑即死，又解决了路上的生存之害，一举三得，遂带到了江南，发扬光大，成为一地的习俗。

我一贯怕蛇，第二种说法倒是合了心意，蒿子粑好似成了护身符，保了自己的平安。只是后来知道了"白娘娘"的故事，再吃蒿子粑的时候，就有一些不舍，担心白娘娘的安危。有些时候，强势也会变得弱势。蛇本是人所怕的，但白娘娘一旦有情有义了，在人间和人打了交道，反而成了弱势，节节败退，最终也只得了囚禁。只有许状元祭塔，白娘娘复出，得道成仙，后面的故事，情感上必然相信是真的，只是仔细想想，理性思考，又觉得太像童话，便不敢相信它是真的了。

蒿子粑因为这样一个故事，就带着一丝罪过，扰了美食，心里生出一种难言的况味，无法释怀。

今天的江南人春天吃它，只剩下了一个原因，那便是美味。

既然是为了美味，原本的吃法便不能再满足。蒿子粑也进行了升级，有些蒿子粑里面便有了馅，馅也是极具江南风味的。山中爽利的春笋，陈年的梅菜，红得透亮的火腿丁混在一起，包在里面，宛如福袋一般，吃起来，又多了一重惊喜。

孩提时代，这是一个家庭究竟富不富裕的象征。几家孩童带着蒿子粑上学，若是有一家是夹心的，便被他人羡慕，若不是，也只是自己独自享受美食，进而淡淡安慰自己，纯味道的蒿子粑也是好吃的。

事实上，各有各的好处。

如今回老家，若是赶上季节，总是两种都买来，一一品尝。小时候的纠结终究是释怀了，混着吃两种美食之时，总想跨越时空对孩提时代的自己说上一句，不必在意，若干年后，你也可以吃上两种口味，那时你不用选择，你可以都要⋯⋯

浙江一带风雅，蒿子粑也吃出品位来。不再

将蒿子切碎拌入米粉，而是将蒿子挤出汁水，用汁水调和米粉，做成圆球状，称之为青团。青团有些时候用蒿子，有些时候则选用嫩的艾草，中医上说的，都是纯阳的东西，祛湿气极好。

青团大都是蒸出来的，颜色鲜亮，比蒿子粑看起来，外形更加精致好看，只是味道差远了。蒿子的清香也因此而去了十之八九，蒸出来的青团又少了一份油香的恣意，没了烟火气，看上去更像是祭奠先人的糕点，少了一份平民化的喜气。

留了精致，失了味道，很是可惜。

吃是食物的终极目的，与其如此，不如少一些花哨的外形，多一些内里的芬芳，物尽其用，才不糟蹋这人间美味。

豪华肥壮虽无分，饱暖安闲即有余。

——白居易

伍·巷弄风情

将灌汤包平放在茶匙里，缓缓咬一个小口，轻缓地去吮吸里面的汤汁，满满的肉香扑鼻而来。肉香在灌汤包内囚禁了这么久，终于释放出来，便肆无忌惮地散发诱人的香味。

⊗ 灌汤包

少时，常陪着父亲去看爷爷，还记得那个小镇上有一家极好吃的小笼包。

南方的小笼包是一种极小的灌汤包，很精致，皮如饺子皮，里面灌满了汤汁，这一点，与北方的小笼包略有不同。

记忆里吃小笼包，大多数是在阴雨天。南方的梅雨季可持续一个多月，淅淅沥沥，连月不开。天光是氤氲了，粘连在了一起。屋外尚不朗照，屋内更是阴晦。

一个窄窄的胡同，往里走，便是那家"老字号"。一个小小的门楣，仿佛锁住了天光，走进去便如同走进了凝固的琥珀里。

进门，先是架起的炉子，以及一直浸在老卤中的豆腐干和茶叶蛋，老卤汩汩着鱼眼大的泡，水保持着沸腾，热气慢慢蒸腾，连接着空气里的水汽，在店门口洇开了。

再往里走，曲径通幽，过了一方小小的天井，透着淡灰色的天，湿漉漉地走过去，便是一个正厅，里面满满当当摆着几个八仙桌。桌子奇大，上面油腻不堪，好似永远也洗不出来。这便是食客们品尝美食的地方了。

店里没有伙计，父子两代、夫妻四人，又是老板又兼做服务，看你坐定，便上来问要什么……

不多时，上来的便是几个垒起的蒸笼，冒着热气，脸靠了过去，那种热度熏了上来，还很烫。没有香气，如果仔细闻，好像有一丝面香透着蒸笼的篾条缝隙缓缓溢出来。

父亲将姜丝、辣油、蒜末和在一起，放在小碟里，方才叫正主出场。打开蒸笼盖，热气更浓烈起来，几乎看不到蒸笼里的食物，只等渐渐散去雾气，才得以见——十来个灌汤包躺在里面，真是躺着，皮极薄，看得清里面油亮的汤汁，皮已不堪重负，颤巍巍地倚着竹篾上的白纱布半躺了下去——好一幅海棠春睡图。

轻轻用筷子将它取下。原本以为如此薄的包子皮，如何能承受得住如此提拉。未承想，此刻包子就在筷子中间，未曾破裂，只是里面汤汁坠着，如同一颗饱满的水滴，鼓囊囊的，在空中颤抖了一下，再颤抖一下。那是小心翼翼提着筷子的我，手抖而传过去的轻盈。

吃是有仪式的，吃灌汤包更是如此——因为不能吃得太快，除非你不在乎口腔是否会脱掉一层皮。我将灌汤包平放在茶匙里，缓缓咬一个小口，轻缓地去吮吸里面的汤汁，满满的肉香扑鼻而来。

肉香在灌汤包内囚禁了这么久，终于释放出来，便肆无忌惮地散发诱人的香味。此刻的汤汁已占据了味蕾，以迅雷不及掩耳的速度侵略口腔，不由感叹，肉香原是如此的纯粹而单纯。

吸干那份汤汁，再去吃薄薄的面皮包裹的那团肉馅——醋畅淋漓的一场"战争"结束了，此刻，灌汤包的品尝已达极致。此时可以舒缓下来，蘸上父亲调好的蘸料，细细品味，才算圆满。

旅居南京时，我隔三岔五便会去品尝鸡汁汤包。

从外形来看，似与家乡的小笼包没有分别，只是大了一圈，稍稍动一动，那汤汁便在面皮中颤抖。蒸笼四周摆放着五个汤包，中间则是反扣着的小油碟，空的，也蒸得烫手，用筷子取出来，添上酱油、醋，再加切得极细的姜丝和磨好的蒜蓉。

店家在墙上贴着吃法，贴得大大的："轻轻提，慢慢移，先开窗，后喝汤。"蒸笼里没有纱布，那些汤包直接放在竹篾上，或许是因我粗手粗脚，或许是迫不及待，总是在我一提之间，那汤汁"呼呼"地从破口处流出，洇得整个蒸笼都是油汤，不可收场，但汤包里的馅却是美味的，具体是不是因为用鸡汁浸过，不得而知。那几年南京的生活，鸡汁汤包倒是一次次勾起我对家乡的眷念。那种吸引，隔着千山万水，脉脉时间流转，愈演愈烈起来，在心中燃起了泼辣的火，挥之不去。

后来去了扬州，品尝扬州著名的蟹黄包。包子皮薄到了极致，颤巍巍的一大个，如量体裁衣，在小小的蒸笼里满满当当地挤着。应是照顾老饕，上来的时候，已不是那么烫了，用一根吸管插进包子里，将汤汁吸上来，黄澄澄的，夹杂着一些细碎的蟹肉，鲜到了极致，唇齿留香，里面碎的蟹肉很有嚼头，夹在汤汁中，绕在唇齿间，一时似忘了其他任何一种美味，如音乐之《广陵散》，如绘画之《清明上河图》，近极致，无法描述。

只是再吃那包子皮和里面残留的物质，便不

再有吸引力，好汤已盖过一切，余下皆为残羹，形如鸡肋，吃与不吃皆是遗憾。

　　曾听人说，一道美食只有在当地吃才是那个味道，因为当地的益生菌和水质均可为之添彩。起初不以为然，后在北京某景点，尝了颇有名气的蟹黄包。包子皮极厚，将美味闷在里面，不得呼吸。轻轻吸了一口汤汁，却如洗了抹布的水，难以下咽，只得弃了它。却见店门口，食客们络绎不绝，不禁略替他们伤感起来，思绪飘回到了腰缠十万贯，方能骑鹤而至的地方。那份缠绵只在扬州简单停留，便去了一生痴绝处的家乡，那里的小笼包依然是绕梁三日的余味，眷眷进入梦乡。

　　家乡养了一个人的胃，熏陶了一个人的味蕾，于是，眷念家乡便成了眷念一种味道，是挥之不去的、关于味道的感动。

　　那一夜，梅子黄了，雨正如轻纱一般，从天井处缓缓落下。

进店的人则不慌不忙、不疾不徐地点一份糯米饭，和着飘来的越剧，那越剧抑扬顿挫、缠缠绵绵。食客摇头晃脑地听，或是跟着唱，等待糯米饭上桌。

⊗ **糯米饭**

　　北上广深的上班族，早餐总是化繁为简，能省几分钟则省几分钟。懒觉一秒值千金，如何舍得放弃我们挚爱的枕头和床。如此种种，便利店便推出了日式饭团，紫菜包着料理好的白色大米，既美味又简单，看起来又极干练。吃得久了，好似饭团只有日式了，其实并非如此……

　　江南也有饭团，且有它自己独特的滋味。

　　潺潺流水小河边，石板路的街道，从某一家窗户幽幽飘出越剧唱腔来："路遇大姐得音讯，九里桑园访兰英……"晴好天气里，各家门前屋后晒了被子，迎着朝阳，热气腾腾地将一天的日子拉开帷幕。若是雨季，则打湿了岁月年轮，混沌了黑夜白天，用清冷烘托室内的温暖。

小店就在路口，打开蒸笼，里面是饱满、油亮、洁白的糯米饭，这便是做江南饭团的主要材料了。

将滚烫的糯米饭摊在湿润干净的毛巾上，迅速将老油条碎、榨菜丁、油亮的火腿片，以及卤肉、葱姜蒜平摊其中。那老油条碎值得书一书，将油条直接炸了第一遍，冷却、切碎，第二遍小火炸到酥，颜色略发暗了，一碰便碎，香味扑鼻，这才是真正可以用的老油条碎。再将毛巾拧紧，打开的时候，便是一个内有乾坤的饭团——此为咸口；若是甜口，则将糯米包裹的物件换成了糖、红豆酱以及干桂花。

江南的饭团，各家有各家的特色，里面的馅料便有一些区别。卤肉的诱人、豆腐的松软、桂花的暖香、玫瑰的甜香……各有不同，饭团也晕染了颜色，有了神采。

糯米饭团是上班族的最爱，无论是江南小镇，还是江浙名城，总是会有忙碌的上班族提着一个塑料袋包好的饭团，压得紧实，外加一小杯豆浆或是牛奶，匆匆赶往单位。

一顿早餐就在步履不停中丰盛地解决了，似乎没有缺少点什么，事实上，也的确没有缺少什么，这顿早餐打开了一天的局面，让人干劲十足。

若是有些时间的江南人，则会坐在小店里，慢条斯理地享受早餐。

店面不大，几乎未曾装修过，只是一些风扇在夏日里慢悠悠地转着，若是其他季节，则连风扇也不转了，时间在店里慢慢地、慢慢地沉淀下来，悄然无声地将光与影融成了琥珀。

进店的人则不慌不忙、不疾不徐地点一份糯米饭，和着飘来的越剧，那越剧抑扬顿挫、缠缠绵绵。食客摇头晃脑地听，或是跟着唱，等待糯米饭上桌。此时便不是将食物捏成饭团了。

厨师同时又是伙计的店家老板极为讲究地为

食客盛上一碗松软的糯米饭，将辅料一层一层叠加起来，堆得如同元宝一般，撒上葱花再放到食客面前。

仪式感是要足的，腔调也是不能少的。

吃之前，势必要喝一口豆浆或是吃一小口豆腐脑，将味蕾唤醒，当口腔打开，舒展喉咙，让胃得以期待，才去享用那份糯米蒸饭。糯米饭有一点烫，吃的时候，一定要慢一点、再慢一点，如此才口感最佳，弹牙的米饭在口腔里尽情绽放它的肆意，其他辅料在温润的糯米饭的滋润下，皆不示弱，酥脆的老油条，在口腔里一碰即碎，卤肉酱更是有无孔不入的肉香，黏附于所有味蕾之上，火腿的纤细、榨菜丁的爽脆咸鲜，热热闹闹齐登场，各自铆着劲儿，在口腔里较劲起来——鹬蚌相争，渔翁得利，好的味道只在食客唇齿之间留存，糯米混合了多种味道，恰到好处地将它们粘连到了一起。味蕾如同逢着了春天，一下子有了生气。

窗外的越剧依然在唱，早晨的天光被抻长了，直接吞了上午的光阴，屋子都变得碧绿起来，里面透着一层明亮如奶油一般的阳光。那越剧或是唱到"天上掉下个林妹妹"，或是唱到了《珍珠塔》，丝丝缕缕地往食客毛孔里钻，和那美味竟如此妥帖，真正是全方位的享受。

光阴流转的日月，心神可以跨越江河。

光阴流转，在江南的温柔里，来回浸润着。越剧声音渐行渐远，黄梅戏的故乡里，一段段唱腔隐隐约约便来了，越来越大，越来越大，是《女驸马》，是《天仙配》，是《牛郎织女》……

"架上累累悬瓜果，风吹稻海荡金波……"

那糯米饭是街头巷尾的早点选择之一，当浇头变了，名字也变了，便称之为渣肉饭。

顾名思义，糯米依然是那个糯米，只是那渣肉又是另一番世界。那渣肉的香味却比江浙的糯米饭浇头更具侵犯性，是《封神演义》里"四大天王"的琵琶，夺人魂魄！渣肉扭转了整个糯米饭的特色，反客为主，渣肉一出，仿佛稳住了主场地位，那糯米饭反倒成了陪衬。

八角、花椒、桂皮与糯米炒香，磨成粉，这便是做渣肉的辅料，只是这么一料理，香味已然如黄四娘家的花朵一般，飘得漫山遍野。再将它拌入生的五花肉中，隔水蒸熟，五花肉的大部分油脂便锁在里面了，杂着渣肉粉，口感也不油腻，蒸时，用千张铺地，那千张得了油脂和水分，也活了过来，如此千张和渣肉做了糯米饭的浇头，自然是吓煞人的香。

在这里更没有人要拿着一个饭团来吃了，店家也不允许的，只能坐下，要了一蒸笼的渣肉糯米饭来，细细品尝。

生活其实有时候并不需要多少仪式感，只是那一点点筷头上的欢乐，便是人生中极大的喜悦了。人生冷暖，一味便足。

汤味儿鲜美到令人咂舌。长鱼入口即化，余香满口。再试那面，举箸轻盈，入口劲道十足，吸饱了汤汁，真正是得了长鱼的灵魂，飞升上仙，再跌落凡尘，如流星轻划过，如银河落九天……

⊗ 江南面

家乡有一种面条，晶莹透亮，擀得特别薄，全手工，名唤小刀面。

儿童时期，只有等到考试成绩好了，或是逢年过节，父亲才会在晚上睡觉前对我说："明儿一早带你去吃馆子。"

吃馆子便是吃早点，南方人的早点馆子一般都很简单，没有什么装潢，里外也不隔开。几张空座连着厨房，厨房是开放式的，如何操作都能看得一清二楚。没有伙计，只有老板和家人前后照应，有些吃食，老板也不忌讳让食客自己去厨房端来，自给自足，丰衣足食。

于是我前一天晚上就兴奋得睡不着觉了，那

份早点勾魂摄魄，从次日早晨穿越而来，扰得人无法进入梦乡……

次日，早早便起了床，梳洗完毕，跟着父亲去了。

做早点的人家，将小刀面一团一团团起来，放在门口大锅前面，用一块白纱布盖好。有客人来了，点了要吃，便拿其中一团来，在沸水里滚了一滚，也不过十来秒钟，便熟了。捞起来，盛在白瓷的碗中，用筷子顺好，平铺下来，顺汤顺水，根根分明，再撒上葱花。香味"蹭"地一下，就上来了。

锅里的热气升腾起来，一直绵延到了碗中。拨开了那层氤氲的雾气，才看到了那碗热气腾腾的汤面。

汤是清汤，面是爽面，实实在在诱人口涎三尺，无法脱身。

上一次回老家，说到了小刀面。父亲却只感叹，如今哪有手艺人去擀这个东西哟。换言之，这样的摊点，不说是在市区，就是在小镇上也早已绝迹了。

想吃面，都是制面机统一做出来的，比手工的厚，劲道却少了九分，没有了口感。小刀面是活的，是可以呼吸的美食，同人一般，历经春夏秋冬，从诞生到年少，再从年少到如日中天，撑起一方吃食风味，随着时间的推移，最终老了，死去。

小刀面是《红楼梦》里的"软烟罗"，轻、透、亮，把光变得晕了，缓缓地浸透五脏六腑，又是戏曲里仙女织的锦缎，清风拂过，如一段似有似无的岁月，美便美过了，之后便了无痕迹。

久闻《舌尖上的中国》提及家乡的虾籽面，不由心动，遂让小外甥女带着去了最地道的一家店……

　　店里装修豪华，很有一点复古的味道，黑的柱子房梁，挂的则是宫灯，有一种时光穿越的错乱感。只是面条并不是生于殿堂，总觉得哪里出了点问题，再去看那宫灯，原来是有灯泡的——改良的白炽灯，确实方便了，只是少了灵魂。

　　面很快便端了上来，甚是失望。

　　虾籽少，且失了灵魂，点缀在面条上，黑黢黢的，寡淡乏味，面条好似希望它的生命能复苏，如柳梦梅之杜丽娘，杨于畏之连锁，那人扑在自己所爱的人身边，殷切呼唤，你快还魂啊，快一些啊，只盼那雾中人、画中仙缓缓有了真容、呼吸和脉搏。只可惜早已过了时辰，虾籽找不到复生的门路，早早跨过奈何桥，投生去了，只留下一小撮臭皮囊，无人收场。

　　若是老人对孩子诉说这段故事，便会加上那句：在很久很久以前……

　　故事荡气回肠。

在很久很久以前，虾籽面用的面条就是小刀面。小刀面则是虾籽面的平民版，少了凤冠霞帔的风光，多了一份田园村舍的轻盈。如今小刀面没有了，虾籽无处依附，也便一并失去了光彩。

失去的不只是美食，也是沉淀下来的岁月。

念念不忘的是镇江的锅盖面。

有一年在朋友家，早早被唤醒，只是催促着说带我去吃好吃的，却并没有说是什么。

洗了脸，人还没有清醒，迷迷糊糊，蒙蒙眬眬，便被带着去了一家极小的店。

店里已聚满老饕，满屋子氤氲的雾气，看不真切人的脸。只是凑近了去看，才发现每个人挑起根根分明的面，在雾色迷蒙中，寻得那一抹人间的美味，直至满头是汗。每个人脸上都是平静的满足感，那是一种生活的熨帖，不似北漂、沪漂人那种匆忙。二者相比，一个是品味，一个是果腹，绝不相同。

　　这便是一家大名鼎鼎的锅盖面品牌店。江南的名店总是给人不经意之感，没有任何铺垫，也不存在过多的装潢，只是那么硬生生出来一家口口相传的好店，有些突兀，细细观察，却和四周如此贴服，是一个整体的，都是浸在江南的风味里，浓浓地化开了。

　　煮锅盖面的时候，据说锅里面是要飘着小锅盖的。

　　我去看时倒是失望，小锅盖并没有在大锅里滴溜溜地转，而是放在一边，歇下了。

　　我问朋友，为何没有放锅盖。

　　朋友道："早早煮汤的时候便放了，到了真正下面的时候，锅盖碍事，便拿到一旁了……"

　　有点像是世外高人，早已绝迹江湖，而江湖上仍然有我的传说，也有我留下来的绝世武功。

　　那面真是好吃，只是现在再想，却始终想不起来，究竟是如何好吃。

只是叹服，真的好吃，真的好吃。有点儿像一个不懂越剧的人去听吴侬软语的演唱，听完之后，问怎么好听了，一时却答不上来，只会说：真的好听，真的好听……

　　很多年前，去扬州。

　　起床后，也是朋友领着去一家面馆，门厅尤为大，空荡荡的，只摆了几张桌子。朋友说："只怪你起得太晚，才这么少的人。"一看时间，可不就错过了吃早餐的时间。

　　朋友付了钱，上了两碗面。乳白的汤底，上面漂着碧绿的韭菜，下面映衬着若隐若现的面条。那面上的浇头更是可观，竟是去了骨之后的鳝鱼，在当地唤作长鱼。汤味儿鲜美。长鱼入口即化，余香满口。再试那面，举箸轻盈，入口劲道十足，吸饱了汤汁，真正是得了长鱼的灵魂，飞升上仙，再跌落凡尘，如流星轻划过，如银河落九天……

　　凌晨时分，突然想到了镇江、扬州的面，不

禁咽了口水，给镇江的朋友发了一条信息，倒没指望他能回我。

绵长的思念像一根银线一般，穿过了南北，直勾勾把人拉回到了烟花三月，骑鹤翩然至的江南，余韵袅绕未散。

正想着，信息倒是回了。

朋友道："你家里不缺方便面，煮一包，疗饥。"

不禁哑然，笑了。

而三鲜盖浇饭上的浇头实则是南京一道名菜——炒皮肚，盖在饭上，便是名誉金陵的盖浇饭；盖在面上，则是六朝古都的知名小吃皮肚面，均是绝味！

⊗ **炒皮肚**

　　在南京读书时，常和朋友一起去吃一家名满金陵的盖浇饭，那家店里的客人络绎不绝，有时候连座位都没有，有一道盖浇饭叫三鲜盖浇饭，甚得食客们的赞誉，我和朋友也非常喜欢，每次必点。

　　若干年后，我和朋友都已离开南京十多年，每一次想起那份三鲜盖浇饭都会赞不绝口，期望有机会再度品尝。好不容易抽空回到南京，故地重游，第一件事，就是去打包了两份三鲜盖浇饭来，满足口腹之欲。

　　在宾馆里，两人对着两份三鲜盖浇饭，大快朵颐，酣畅淋漓。一入口，我和朋友都感叹，这么多年，那味道一直都没有变，还是那样鲜香美味。

　　三鲜就是皮肚、猪肝和肉丝，辅料则是胡萝卜、圆白菜等等，可谓是真正的荤素搭配，健康且有营养。而三鲜盖浇饭上的浇头实则是南京一道名菜——炒皮肚，盖在饭上，便是名誉金陵的盖浇饭；盖在面上，则是六朝古都的知名小吃皮肚面，均是绝味！

　　皮肚是江南的特产，原材料全国各地均有，却只有江南如此制作。皮肚源于猪皮，却青出于蓝，成为完全不同于原材料的一种食物。猪皮常见于烹饪，老北京的豆酱最重要的食材便是猪皮，东北人过年也少不了猪皮冻，但似乎只有江南人才会将猪皮炸至Q弹，撇去油脂，再将其入菜，并给它起了一个特别形象的名字——皮肚。

　　做皮肚，首先要将猪皮上的脂肪剔除干净，猪毛更是不能留存，要一点一点地拔除。此时，猪皮已所剩无几，便可将其丢于开水中，煮至透明，悬挂起来，沥干。处理好的猪皮在竹竿上晾晒，透着阳光，像极冬日里从河里捞起的浮冰，透过去，看这个世界，整个世界都白雾茫茫，化成了一首极美的诗词，是《诗经》里的"蒹葭"，细看又觉它是《乐府诗》里的"秦罗敷"，那种诗意在阳光里慢慢生出暖意，最终融化在了手艺人的期待中。

随后，将猪油烧热，晾干的猪皮与烧热的猪油重逢了。猪皮投入热油中，炸酥了，色泽金黄，闻之浓香，周身起了气泡，一碰便碎了，整个猪皮像极了油豆皮，却比油豆皮更厚，更踏实。如此，皮肚算是制作成了。

这只是炒皮肚的备菜工序，真正的炒制，才刚刚开始……

等炸好的皮肚凉透后，用开水煮三五分钟，原本极脆的皮肚变得爽滑 Q 弹了，此时捏在手里，你会觉得这是一块上好的海绵，质地绵密却又松软，极具吸附力，无论是什么好的调味都能吸附其中。将它切段、切丝、切片均可，看做菜的师傅需要罢，配上辅料，开始翻炒，不一会儿，便是既好吃又好看的炒皮肚了。

那家三鲜盖浇饭，便是将皮肚、肉丝和猪肝炒在一起的，加上那些配料，味道极鲜，既为一体，又各自为政，在口腔里分唱自己的生旦净丑。皮肚是重头戏，是正旦的位置，是抑扬顿挫的唱腔，长长远远地拉开，游丝一般上去又下来，让人不由地摇头晃脑去听，去品，那是实打实的功夫，来不得半点虚假和搪塞。正旦不好唱，是《雷峰塔》里的白娘娘，是《奔月》里的嫦娥，都是见功夫的，听起来似毫不费力，却费了角儿毕生的心力；肉丝则是小旦，轻快，调皮，爽嫩可口，配合正旦的演出；那猪肝则是生角，见那正旦眼波流转，不由暗生情愫。如此一盘大戏便已呈了上来，让客人满足不已。

南京人吃饭不太注重排场，却注重内在，如此一盘盖浇饭便已让人极为满足，又不失清雅低调，是浓郁而隐藏的腔调。

我爱吃辣，每一次去吃盖浇饭，都让人添一份辣椒在三鲜盖浇饭里。我朋友则每次都会责怪我，好端端地破坏了炒皮肚本身的美妙。有些美食是可以让食材和调料一点点地去尝试的，有些则不可以。炒皮肚就应该是后者，只有清淡的配料才能显示炒皮肚的浓郁香味儿，将它的鲜味呈现得淋漓尽致。

如此倒是让我想起了，父亲在吃过我从外地带回去的某著名特产烧鸡后，叹息说，不好吃。随后父亲突然意识到，不是烧鸡味道不好，如此知名，数百年的历史，经由那么多饕客的品鉴，如何能不好，只是自己把自己的口感给吃坏了。如今，任何菜都是下了猛料的，有些怕味道不足，还需加极多的添加剂，让鲜更鲜，让辣更辣，香味更是十里之外便能闻得着，将口味烘托到了极致，方才解馋，如此怎么可能还可以回头品味到那最初的好呢？真正是把舌头给养坏了。说到这里，倒是想起我以前的一位老师，总不让我们看一些杂七杂八的流行小说，也是同样的道理，如此看下去，以后怎么还能品鉴出那些好作品的好来？人间有味是清欢，好的滋味不是快餐，需要慢慢品出好来。

说到这里，便不由想再尝试一碗皮肚面来。

皮肚面的制作方式更是让人赞叹。面总是只下七八分熟，便盖上炒皮肚端上来。如此却是为食客考虑，那面烫嘴，自不能刺溜吸进肚子，要先吃上面的浇头，那一份独特的炒皮肚吃起来让人能暂时忘记了下面的正主——手工面。等想起吃面时，那面早已在汤汁中焖熟，吸饱了炒皮肚的鲜香，才是一份好的皮肚面。食客在吃的过程中与厨师共同完成了这份美食，也是把美食文化发挥到了极致。

　　有一年，我在电视里得知北方有一道小吃叫皮丝，也是用猪皮制作而成，按捺不住，买了一盒回来，按照上面的方式，制作来吃，味道也是极美的,吃起来可大口大口地嚼,如同吃一份凉面，北方人的爽利可见一斑。只是这让人又想到了南京的炒皮肚，那份精致和惬意，在吃的过程中，便已经享受得淋漓尽致了。

活珠子味道极其特别，有着蛋的敦厚，又不缺肉香来抚慰人的味蕾。起初我也不太能接受南京人的白水煮来吃，但吃了一个之后，反而大赞。

⊗ **活珠子**

江南人吃的食物都是一首诗。

蒌蒿满地芦芽短，长安涎口盼重阳。一路从初春吃到了深秋，冬日里的美食也是不可少的，如今有了大棚，更是品种丰富，只是有些有腔调的南方人却撇了撇嘴，回道："不吃没有时令的东西，失了灵魂。"

春吃香椿秋食蟹，夏饮藕粉冬晒腊。美食在他们口中，便是追着时光跑。

赶紧吃，晚了几天便没有了。食物是流光里闪耀的珍珠，一颗一颗，等在那里，不采便落在尘埃里，失了光泽……

南京人吃的东西也极为精巧，比如鸡汁汤包，心急了要么汤汁流一地，要么烫得人嘴皮起泡，再也不敢享用。鸭血粉丝汤看似随意，却是彻夜熬来的汤汁，切碎的鸭杂与烫得顺滑的粉丝交融在汤汁中，以香菜做辅，不动筷，香味已经萦绕开来，令人欲罢不能。再比如板鸭、盐水鸭或是酱鸭，都是各有各的特色，没有一只鸭子能活着走出金陵。一时间让外地人混乱不已，不知道哪一样是哪一样，只是都好吃，看着诱人，也就不再追究下去了。

只有活珠子是个意外。

街头巷尾，有中年妇人提着煤球炉，生了火，上面架一个生铁的盆。平平放着白水煮鸡蛋。鸡蛋映衬着白开水，满满的财气——过年的时候，江南人称吃鸡蛋为吃元宝。这一盆元宝可不就是金不换，财源广进的意思吗？

只道是蛋，坐下来，敲开才发现内里乾坤——发育了一半的鸡胚胎。不由恍然大悟道："这不就是旺鸡蛋吗？"

南京人则会鄙夷地纠正你，"什么旺鸡蛋，这是活珠子……"

"活珠子和旺鸡蛋难道有区别？"

"当然咯。"南京人不以为然，"旺鸡蛋就是旺鸡蛋，活珠子嘛当然就是活珠子咯。"

不禁哑然。

朋友道："旺鸡蛋是残疾鸡的胚胎，不管是全鸡全蛋还是半鸡半蛋，任其孵化，都不会成为一只健康的鸡。活珠子则不然，首先是健康鸡的胚胎，其次是严格标准的半鸡半蛋。"

这么一解释，便把二者的区别解释得一清二楚。

卖活珠子的人给小盘子里撒一点椒盐、辣椒粉，递给食客。食客则坐在小板凳上，端着盘子，蘸着吃，风味很独特。这里将吃的仪式和排场完全丢开了，只专注于食物本身的味道，倒是和这份美食制作方法相得益彰，如出一辙。只是第一次接触的人未免觉得残忍腌臜了一些，不敢尝试。

久经考验、沙场来回的饕餮吃得津津有味，那第一次接触的人就只敢试探地问一句："这东西，真的有那么好吃吗？"得到肯定答复之后，再看看那活珠子，依然不敢下口。那食客一边笑他辜负了美味，一边一口吃下了一整只鸡胚胎。

大学时，教明清文学的老师是苏北人。有一次在课堂上提到活珠子，感叹道："南京人一贯精致，不知为何要茹毛饮血。像是原始人吃东西，又是毛又是蛋又是不见天日的东西，怎能吃得下去？"又说道："我们家乡也是吃旺鸡蛋的，只是要剥开，洗掉里面的绒毛，干干净净的，炒成一盘菜，端上桌，才能品出滋味来。"和我们家乡的吃法如出一辙。

若是南京人听了这话，会甚是不屑，万物自有它烹饪的方法，活珠子便是应该原汁原味地煮来，才能得到它纯正的鲜美之味，若是那样洗掉绒毛，再煎炸烹饪，还有什么灵魂？

活珠子既流传这么多年，自有它的原因，也自有它的魅力。

活珠子味道极其特别，有着蛋的敦厚，又不缺肉香来抚慰人的味蕾。起初我也不太能接受南京人的白水煮来吃，但吃了一个之后，反而大赞。想起《舌尖上的中国》说道：高端的食材往往只需要简单的烹饪，便能锁住它最本质的味道，原汁原味竟然比家乡油盐烧制得还要香。

贾太君想吃胎鹿，让人洗净蒸了来吃。黛玉、宝钗、湘云等人坐在一边却未能分得。贾太君道："这些不见天日的东西，你们小孩子家不能吃，免折了寿。"又想到，宝琴想吃烤鹿肉，却不敢吃。宝钗劝她试试，说："你林姐姐身子弱，不然也是爱吃的。"

既然金玉一般的人儿也能大啖烤肉，为何我们不能吃活珠子呢？

于是坐下来，心安理得地吃了起来。味蕾开

动之后，便再也收不回来了……

有一年和朋友在安徽淮南，煤炭城市的冬日街头什么也没有。

两个人信马由缰地走着，偶遇路边一个老人摆弄着摊点。

老人穿得极其脏烂不堪，那身军大衣已经看不出颜色，破旧处露出棉胎来，却被油污给沾透了，又贴了回去，和衣服重新成了整体。脸上的胡子也良久没有修理，藏了紫糖色的面孔，寻不着五官，唯眼白熏得焦红。

面前摆着两个煤球炉，生着火，那火在冬日的街头尤为温暖。九孔的煤球红旺旺的，却舔出多个蓝色的火舌头来。炉子上是一个铁丝网，网也不干净，熏得漆黑。上面刷了油，滋啦啦地往下滴，不时泛起火花来。

老人直接用手从一边的铁皮锅中掏出几只活珠子来，外壳已经全部碎了，细细碎碎地粘在里面露出的生物上。应是卤好的，百味都汇在了里面。

是个卖活珠子的街头摊点。

我只觉得脏，又特别想尝试一下……

朋友见我如此，也舍命陪君子，坐了下来，要了几只来，才发现拿到的是小鸭的胚胎，怪不得比鸡蛋大了许多。

老人道："倒不是刻意卖鸭子，只是今天没买到旺鸡蛋，不得已而为之。"

我们倒不介意。

卤香的鸭胚胎在烈火上"毕毕剥剥"地收了水，有一种异常的焦香，极富嚼劲，吃在嘴里，卤汁又极其入味。入喉入胃，暖了五脏庙，祭了勾魂虫，惬意至极。

真的，直至今天，也没再吃过那么好吃的烤"活珠子"。

我想以后也不会再有了。

樟木不但将香味释放给了咸肉，同时，吸附了咸肉多余的油脂，因此刀板香闻起来让人垂涎欲滴，吃起来油而不腻，真是恰到好处。这是荤素之间一次独特的搭配，热气为红媒，牵线搭桥，让二者完美融合，才有了这独特的刀板香……

⊗ **刀板香**

　　有很多美食，在制作过程中都需要有一些陪衬。当食客品尝它们的时候，那些陪衬反而被远远拿开了，或是没有拿开，上了桌，依然只是陪衬罢了。

　　嘉兴的粽子上裹得紧紧的苇叶，吃的时候便将其剥去，扔在一边。镇江的锅盖面，小锅盖在锅里转来转去，吃的时候也是弃在一旁，极少有食客会想起它，而徽州的刀板香亦是如此。

　　正宗的刀板香，是一块砧板直接端上桌子，在砧板上排得整整齐齐的，是肥瘦相间的五花咸肉，红色的瘦肉和透明的肥肉相互映衬，在砧板之上透着一种温柔而诱人的光芒，一般旁边会配一些馍——可以夹着肉来吃。

砧板好似没有意义的存在，是托盘，或是盛器，陪着刀板香一起张扬。

我曾听说过，某个戏曲剧团，曾经的一等一名扬四海的名角儿受到了排挤，不准上台，只能做一些剧务的工作。这砧板好似亦如此，原本是在厨房里大展才华，如今却跑到桌面上来，和盘子抢起了工作，难不成厨房里已没有它的用武之地了？只能让人觉得可叹可怜……

可事实如此吗？

事实当然并非如此！

凡事须探个究竟，才能真正明白其中的道理。于是，再去闻那砧板，却透着一股奇异的木香，原来是香樟木。

南方雨水稠密、空气温暖，所以极易生出小虫，腐蚀衣服和食物，而香樟却是极好的防虫防腐之物，做成木箱来盛物件，不但留有香味，且不会生虫。若是放衣物，一段时日之后，拿出来，衣服则如熏染了一般，穿起来让人舒适。

用它来做砧板，食物便沾染了淡淡香气。

刀板香是徽州人腊月必做的一道美食，只等到过年时才拿出来，与宾客家人享用，在饭桌上大放异彩。

将五花肉腌制数日，用开水冲洗干净，再放置于冬日之下，缓缓晒制，去除水分和部分油脂。日光之下，那肉一滴滴渗出油脂来，滴入尘土里，肉质也变紧实了，却弹性不失，天然的香味便在日晒后缓缓透了出来，这便是刀板香的雏形了。

刀板香是咸肉的一种，一般咸肉只在肉的本身，腌制好的咸肉或煮或蒸或炒，那肉便是全部，而刀板香却独独不能少了那香樟木的砧板。南方人舞狮子，总是要请人来点上一笔，画狮子的眼睛。那香樟木便是点睛之笔，在南方戏曲舞台之上，将那丝竹之音缓缓吹奏来，衬得曲调悠扬又婉转动听。

腌制好的肉用水泡三两个小时，去除多余的盐分，让肉味更加纯粹，洗干净。此时不要切，请出砧板，将肉置于砧板之上。锅中已有半锅的水，将砧板放置水上，让肉与水之间隔开一些距离，盖上锅盖，添柴，慢慢煮熟……

这是一道功夫菜，想得到真正的刀板香，光是腌制那五花肉便已要一月有余。冬日里，时光似乎变慢了，没有人着急，只需要那样等待着，等待着，让五花肉在光照下，缓缓锻炼自己……

徽州腌制食物很是在行，不管是臭鳜鱼，还是霉干菜，是荤还是素，是香还是臭（实则臭也是一种异香），都令食客趋之若鹜。这些食材，在徽州人的手中，经过盐卤的熏陶，再接受冬日温暖的照耀，如一件艺术品经过了千雕万琢，那物件早已不是当初新鲜的样子，它是全新的，是徽州人赋予它全新的食物生命——食材似乎有了二次生命，是神仙修炼，羽化之后的另一番景象。

既然已经等了一个月，何妨再等这几个小时……

等那热气将咸肉熏蒸熟透，揭开锅盖，只觉异香扑鼻，肉味腊香之外，那香樟的味道也极为明显，二者交融在了一起，是穆桂英和杨宗保见面时的较量，拳脚上自是巾帼不让须眉，却又眷眷情深地上演一场你来我往的情愫。再往锅里看去，只见雾气上扬，氤氲之间，那咸肉在砧板上，真如宝似玉，色泽更加浓郁细腻起来，那肥肉是透亮的，瘦肉是粉嫩的，令人极有食欲。等它稍微冷却了，才切成片来，物尽其用，仍置于砧板之上，算是摆盘。

樟木不但将香味释放给了咸肉，同时，吸附了咸肉多余的油脂，因此刀板香闻起来让人垂涎欲滴，吃起来油而不腻，真是恰到好处。这是荤素之间一次独特的搭配，热气为红媒，牵线搭桥，让二者完美融合，才有了这独特的刀板香……

这又不知道是多少代老饕们的尝试，或是偶然一次的发现？那一个嘴馋之人，拿来咸肉却无盛器进行蒸煮，显然不能直接放在水中，煮来便是暴殄天物了，只能蒸，正在为难之际，却看那香樟木的砧板就放置于锅台一旁，遂欣喜取来，作为蒸肉之器，才得以呈现出如此完美的一道菜品来。若真的是有人尝试研究得来，那这个时间是越过山海，绵长而久远了……

刀板香若是也能绵长而久远地等下去，其实也不算绵长，只要度过那一个冰冷的冬天，万物复苏之后，刀板香味道便更加浓郁了。此时，山中春笋已经露头，采下，剥掉笋衣，过热水，再切断，平铺于砧板之上，再将咸肉置于春笋之上，如此蒸出的刀板香更是别具一格，那笋更是香到妖冶，举世无双。

等食客们品尝那美味时，砧板便慢慢隐去，即便是置于饭桌之上，谁也不会在意那个看上去有些蠢笨的木材，思想早已随着味觉一道跟着香味儿走了。砧板功成身退，已无须再表了。砧板并无遗憾，暗暗敦厚地笑道："殊不知，下一份咸肉依然要经我来，才算是镀了金，有了这'刀板香'的美名。"

这世间有多少物如此，并非如主人所想，完成本来该完成的"工作"，而是去他处"客串"了一把，却博得威名，令人拍案叫绝。

物如此，人亦应如此，无限可能并不是说说而已。

刀板香，刀板香，先有刀板才有了那个香字。

历朝历代，鹅掌不管在殿堂之上，还是瓦舍之间，都是不可多得的美味。这款美食仿佛弥漫了几千年的历史，横亘南北，悠悠然在历史泛黄的笔录里散发它经久不衰的魅力。

⊗ **糟鹅掌**

　　有一些美味因为某些记忆会根植于一个人的内心，若是品尝过，便化成烙印，永存在心里，或许它的背后是一个人、一份情或是一段久久不能平息的故事，总之扎了根，久存下去，挥之不散。若是未曾品尝，美味便成了勾魂摄魄的"狐媚"，无法释怀，更是去也去不掉了。对于贪嘴的人来说，美味也是一种缘分，前世注定。

　　陈晓旭版电视连续剧《红楼梦》中，宝玉探望病中的宝钗，黛玉正好也赶来了，薛姨妈便留他们吃饭。宝玉道："姨妈家的糟鹅掌鸭信最是好吃。"薛姨妈道："已经给备上了。"宝玉道："这东西要就着酒吃更好。"薛姨妈道："酒也备好了，正温着呢……"

那个时候的电视画面并不清晰，看不清菜品，只是看着四人围着花团锦簇满桌子的菜，吃得津津有味。糟鹅掌鸭信便深刻在心里，刻骨铭心一般，不知究竟是多么好的美味，期望有一天可以一饱口福。

其实原小说并不是这么写的，而是宝玉提及珍大嫂子的糟鹅掌鸭信好吃。薛姨妈便投其所好，笑道自己这里也是有做的，让宝玉也尝一尝。曹公写得稀松平常，这道菜在贾家似乎极为家常，又极为好吃，勾得我口水湿了大半本《红楼梦》，有失斯文，甚是不雅。

江南久有吃鹅的习俗，扬州更是以鹅肉为招待贵宾不可多得的佳肴。只是少时，物资匮乏，并没有机会吃到鹅肉，更别说鹅掌了。至于鸭子，逢年过节倒是可以吃到，只是囫囵在一起红烧或是清炖，鸭舌早已化在其中，就算是吃了，也未觉得有什么特别的风味，权且当着没有吃过罢了。

不但没有吃过，甚至连糟鹅掌鸭信用的糟卤是什么都不清楚。

有一年，过年回老家，有亲戚用泡椒泡了凤爪来吃。凤爪并没有像店里那样，泡得发白，而是微微泛黄，入口有一丝韧劲，却已经柔烂，轻易脱骨，恰到好处。泡椒也不辣，里面有着一丝酒的甜香。问了，方才得知里面放了糟卤，一时思绪又回到了《红楼梦》，也不顾及亲戚笑自己无知，问及糟卤是什么。才知是酒糟提炼得到的一种卤水，有一股奇异的甜香。

酒是大米千锤百炼之后飞升成仙的灵石，而酒糟则是被遗弃下来的，似乎要丢了，但终究不甘心。无才补天的顽石，耿耿于怀，想成就另一番事业，这一层心思遇到了一双巧手。那手的主人道："如此我将你携入红尘，带你去花柳繁华地，温柔富贵乡走一遭吧。"如此便有了糟卤，在菜品里面成了点石成金的好手……

我一直没少吃鹅肉。一次朋友从扬州带过来一整只麻辣鹅，皮相紧绷呈暗黄色，切开，肉呈胭脂色，肥美异常，吃得人险些将手指头也吞下肚子。《红楼梦》里也曾提过"胭脂鹅"，一度以为这个便是胭脂鹅，后来才知是自己自以为是造成的美丽误会，但一点不影响我对鹅肉的狂热。那朋友每次回乡，都不忘嘱咐他：别的什么都不带，只挑一只大一些肥一点的麻辣鹅回来尝尝。朋友倒是有求必应，吃了他好多年的麻辣香鹅。

鹅掌却一直未曾亲尝，更别说糟鹅掌了。糟鸭信倒是吃过，在京城的一家淮扬菜馆与它邂逅。白瓷的盘子里，工工整整码着十多只的鸭舌，如小家碧玉一般，品尝到口中，微辣，香气四溢，入口有嚼劲，中间的脆骨又特别爽利，而骨边的肉，吃起来又极细腻，有一种啃食骨头的美妙。鸭信小而精巧，却吃出了大滋味，吃得人很满足。

古代书生想见花魁，不惜重金。钱花了许多，却只闻楼板响，空气里有胭脂的香味，却并没有见花魁出来。摇曳生姿的只是窗台前，挂着晾晒的罗衫。卖油郎独占花魁是古代落魄文人美好的想象，不能实现的事情在文字中实现，如南柯一梦，编着编着，便悟出了人生的道理。

越是念念不忘，越是不时看到关于它美味的传说。历朝历代，鹅掌不管在殿堂之上，还是瓦舍之间，都是不可多得的美味。这款美食仿佛弥漫了几千年的历史，横亘南北，悠悠然在历史泛黄的笔录里散发它经久不衰的魅力。

鸭脚包经过晒制以后，日光经岁月慢慢渗透入食材当中去，食材便紧紧裹在了一起，似成了一个整体，再也分不开了。

⊗ **鸭脚包**

爱情是文学作品永恒的话题。

只是在源远流长的岁月里，很长一段时间，婚姻似乎与爱情无关，不由让人觉得爱情成就的婚姻更是珍贵。

那时候婚姻之前的繁文缛节，似乎和两个家族都搭得上关系，却唯独和婚姻当中的两个人无关。两个人只是棋子，打造两家人需要的仪式。

好一点的人家，或是给女子一张照片，或是让女子躲在门口，悄悄地看一眼来相亲的男子，若是喜欢则皆大欢喜，若是不喜欢，女子的意见似乎也没有那么重要，关键是门第、财富和世交，就算是八字相合也比喜欢或不喜欢来得更重要。

那刚度过青春岁月的男女，心怀柔春、情窦初开，却不得不在慌乱中走进婚姻的殿堂。在众长辈、媒婆的商量下，几个回合，暗暗地，两家还有些较量，但终究是美好的、互相期许的，吹吹打打，花轿走过柳媚花妍映衬的小桥，那女子走进烟锁重楼，拜堂成亲，唢呐吹响，送进洞房，两个从未谋面的人便结合了。

婚姻的滋味谁也说不清，也许有极好的，也有可能是极伤感而颓废的。

所以《西厢记》《牡丹亭》甚至《红楼梦》才那样让人喜爱，陆游与唐婉才让人惋惜，唐诗宋词里的那些爱情故事才会让人向往。

那包办婚姻里，有完美的吗？

我想也是有的，举案齐眉，或是相敬如宾，只是这一切听起来似乎并没有那样悱恻缠绵，多的只是一种敬重。爱一旦扯上敬重，似乎就没有那么美好了，爱就是有些不讲理、小家子气，这是一种发自内心却无法用心性去控制的感情。

"妆罢低声问夫婿，画眉深浅入时无"或是新婚最美的事，只是这首诗是作者在暗暗问自己的老师，自己的文章究竟怎么样？用一种爱情诗来暗问考试结果，虽别具一格，却少了情的浪漫。话一戳穿，皆为泡影。

皖南有一种风味，叫鸭脚包，是用鸭肠将鸭肫、鸭掌缠在一起，用盐腌制半月有余，再经太阳暴晒后得之，外形如涂了一层蜡，暗夜有光。

鸭肫和鸭掌似乎并不想被捆在一起，好似人为强扭而成。

然而经过晒制以后，日光经岁月慢慢渗透入食材当中去，食材便紧紧裹在了一起，似成了一个整体，再也分不开了。

吃它的时候，先用清水泡上一泡，一来让食材在清水中慢慢苏醒，二来则是去掉食材多余的盐分，味道更美。再用砂锅放清水，放鸭脚包，置小火上，慢慢炖煮，随着汤汁越来越少，香味也渐渐显现出来，越来越浓，便可以吃了……

鸭脚包的食材虽是产自鸭，却始终风马牛不相及，被强压在了一起，如同那时候的婚姻。腌制、暴晒、小火慢炖、细致入味，最终揭开砂锅的盖子，早已你中有我，我中有你，味道中和在了一起，那是一个整体，在这里已经找不到鸭脚，也找不到鸭肫，更没有了鸭肠，一切都已经汇聚在了一起。

这便是岁月，在人生里，这是有名字的，叫"家庭"。

儿时，小镇上有一对小脚夫妇，两人之间并不多话，丈夫极爱在小镇上来回走上一走，逢人便打招呼，笑呵呵的，说着那句名言："饭后百步走，活到九十九。"妻子听到这话，只是淡淡地打着瞌睡，缓缓而没好气地说道："千年王八万年龟，有谁见过整天蹦跶的猴子活过百的。"说着便又在阳光里昏昏睡过去了，她的头顶那方

伍·巷弄风情

·315·

墙高挂着数十个鸭脚包。老太太也极不喜欢小镇上年轻人搂搂抱抱，直说："丢人现眼，不成样子。"

"我们那时候，结婚前一天都是不能见面的，要不然，会被人笑话的，哪里像现在哟。"老太太很是不屑，说到老爷爷，老太太好似气不打一处来："打嗝、放屁、说粗话，有一样是好的嘛？"

老太太虽然没有读过什么书，却爱侍弄个花草，方寸的小院子里，总是有各色的花草，馥郁芬芳，惹人喜爱。

"什么爱不爱的，你们年轻人时髦的东西，是能顶着吃，还是能顶着喝了？不就这么过日子吗，搭伙过日子，他忙他的，我忙我的，半辈子就过来了……"

老太太不屑。

只是，到了冬日的午后，老太太便拿下几只鸭脚包来，用清水泡好，在小火上慢慢炖煮，再拿出当地特有的豆腐干（质地松软，却极为醇厚，有一种介于素食与荤菜之间的芳香），沿对角线切开，一块切成四个三角，丢进汤里。当然要放一点点辣椒，不能太多。等阳光慢慢落下去，便将酒温了，等老爷爷回来吃。

等老爷爷坐稳了，才将砂锅揭开，放青蒜叶，香气便极为"泼辣"地涌了上来，让你只闻味都欲罢不能。

少时的我偶得了爷爷给的一只鸭脚包。一股奇特的腊香混杂着辣椒、酱油等其他调料的香味，在鸭脚包上得到了升华。那一只小小的鸭脚包将冬日阳光的温暖全部融化在里面，人生五味尽在其中！

后来爷爷去世了。

老太太一如往年，坐在墙角，晒太阳打瞌睡，只是鸭脚包便不再有了。老太太摇了摇头："那东西有什么好吃的，不做了，不做了……"

那一刻，才知道，老太太对爷爷的爱是恬淡的，像冬日里的阳光，是煦暖的，也许它没有那么热烈，有时候你几乎忘记了它的存在，但是它真的就在那里，一直陪伴着你。

此后，尝鸭脚包便会多了一份滋味，这是时间的味道，是人生的况味。

据说，江苏溧阳有一道菜叫扎肝，和鸭脚包类似，是将五花肉、油豆腐、笋干和猪肝用鸭肠扎在一起，卤熟了吃，据说是女婿来丈母娘家拜年必吃的一道菜。是妻子怕老公被人灌醉，于是央着母亲做的一道菜。此菜先让新姑爷吃饱了，好喝酒……

这也是一种情分，只是相较于鸭脚包而言，少了时间的考验。那显然是新婚小两口的爱情，而鸭脚包则是岁月的煅就。

如今沉醉爱情的男女再也没有人去约束他们了，奔向婚姻则是两人对彼此的一次宣誓，只是在长长的岁月里，是否那个人还会为你腌、晒、烹、煮，最后不动声色地为你端上一碗鸭脚包呢？婚姻的冷暖只能自知，像这道菜，只有亲自尝过才知其中的滋味。

⊗ 无法忘记的美味

在我的心里，美食是一个载体，它不但承载着味蕾上记忆，还承载着一段段令人难忘的故事。

这本书里记录的美食，有的是我童年时期在家乡品尝到的，有的则是我后期辗转于江南各个城市，生活、旅行、工作过程中，接触或品尝过的美味。现在回味这些美味，第一时间出现在我眼前的便是接触到它们那一刻的画面，当然还有那些人：送八宝菜的奶奶，做甜酒酿的父亲，以及街道边叫卖各色美食的人。画面再放大一些，便是那些烟雨迷离的村庄、曲折的小巷、阴暗的厨房等等，这一切组成了一段段我无法忘记的过往。

我记得有一个中年演员，在拍完宣传照后，特意

无法忘记的美味

嘱咐摄影师，不要把她脸上的皱纹擦除。她说，那是岁月留给她的礼物，也是她辛辛苦苦经历的一件又一件事……好不容易才长出来的，她觉得那是自己的一部分，也是自己值得荣耀的一部分。擦除便是忘记，便是不承认了，便是和过去隔离，她不需要那样。何况，不承认，忘记，隔离……回忆便不存在了吗？只不过掩耳盗铃罢了。

那些美食在心里扎了根，也如同这些皱纹植入了我的生命里，是我生命的一部分。经过岁月的熏陶，在心里自然地发酵。如今，揭开尘封的坛子，回望这些美食，我的心里有了另一番悸动和感悟。它们已经和从前不一样了，它们的味道更有层次，它们是岁月留给我的财富，也是经历留给我永存的回忆。

所以我将它们记下来，记下此刻我对它们的理解，如同将它们从厨房做好，再一次呈到桌上。每一个读者都是我邀请来的朋友，他们同我一起品尝这桌美味。或许有一两个朋友技痒，想去厨房，找寻他的回忆，追寻他记忆中的美食。

别急，时间还早，我们等待您亲手做的美食上桌。